寂聴
残された日々

瀬戸内寂聴

朝日新聞出版

寂聴　残された日々　目次

女流作家の訪れ　9
続・女流作家の訪れ　12
防空壕　15
もう一人の男　18
春画展に行こう　22
高橋源一郎とSEALDs　25
罰か慈悲か　28
幻人横尾忠則さんの幻画展　31
明日はしれない今日の命を　34
老いていく被災者たちは　37
これからの乙武さん　40
若草プロジェクト立ち上げ　43
明日　46
善い、悪いの命　49

平和だからこそ阿波踊り　52
この世の地獄　55
バカは私　58
買えなかったランドセル　61
あの夜　64
作家の日記　67
流れる時　70
百まで生きてやろうか　73
天台寺晋山三十周年記念　76
幸せは自分で探す　79
ほおずき市から　82
最晩年の虹の輝き　85
山尾さん、孤独の出発に自信を　88
稲垣足穂の机　91

生きてやろう　94
二冊の書物の誕生について　97
朝日賞受賞騒ぎ　100
みんな先に逝く　103
寂庵の墓　106
花祭り　109
天才の秘書　112
大才を支えた大器　115
終の棲家　118
遺言　121
二百十日に始まる　125
老いのケジメ　128
法臘四十五　131
この世の命　134

「この道」と白秋の三人の妻　137
二月の鬱　140
まだ生きている　143
ショーケンとの再会　146
御大典　150
女流作家の夫たち　153
ふるさとの夕暮れ　156
暑い夏　159
怖れるもの　162
長生きの余徳　165
二つの誕生日に　168
中村哲さんの死　171
思いだす人々　174
きさらぎは凶　178

角田源氏誕生　181
コロナ禍のさなか　184
白寿の春に　187
横田滋さんを悼む　191
書き通した「百年」　194

寂聴　残された日々

女流作家の訪れ

突然、三人の女流作家が、寂庵に訪ねて来ると予告があった。江國香織、井上荒野、角田光代の三作家であった。みんな私の孫のような年頃である。

中で角田光代さんだけはまだ逢ったことがなかった。しかし、その旺盛な目ざましい仕事ぶりには、近頃ずっと目を離したことがなく、その才能の豊かさと、作品の魅力の目ざましさに、ひそかに驚嘆していた。角田さんが河出書房新社から出版されている『日本文学全集』に、源氏物語を書くという話を耳にしたのは、私の九十二歳の時で、長い病気で入院中だった。自分が源氏物語の現代語訳をしようと決心した昔々の心の弾みや、緊張や、不安が思い出されてきた。角田さんは、当時私がしたように、源氏一本に生活を賭けると言っているとか。私は病床でなければ、駆けつけてこの未知の若い作家に逢いたいと思った。六年半は、私がその仕事にかけた歳月であったし、先にそれをなしとげた先人の作家たちが訳業に費やされた時間でもあった。

円地文子さんが源氏現代語訳の仕事場として、当時、私の住んでいた目白台アパートの一室を選ばれたので、私は六十過ぎた円地さんの決死の仕事ぶりを目の当りに見ることになった。月曜から金曜まで、円地さんは仕事部屋に座りきりで、ひたすら書きつづけた。疲れると、電話で私にお茶をいれるように命じた。上気した顔で私の捧げるお茶をぐいぐい飲みながら、源氏物語について、興奮した口調で話しつづけられた。その訳業の途中、網膜剝離で二度も長い入院をされ、二つの眼の視力をほとんど失われたが、源氏の訳業を止められなかった。横で見ている私はこの仕事は命がけでなければ出来ないことを教えられた。それでも、いつか私もしたいという想いを胸深くに抱いていた。

ある時、血相を変えて「川端康成さんが源氏の訳をはじめられたのを聞いたことがあるか」と私につめ寄られた。実はその一週間ほど前、私は京都のホテルの部屋で、源氏の訳をまさにされている現場を、川端さんに見せられていたのだけれど、円地さんの見幕に怖れをなして、知らないと答えてしまった。円地さんは白い顔に血を上らせ、

「ノーベル賞で甘やかされている作家に、こんな辛い仕事がつとまるものですか。もし仕上げられたら、あたし、裸になって、銀座を逆立ちして歩いてやる」

とおっしゃった。いかにもお嬢さま育ちらしい円地さんの、素直な怒りっぷりに、噴きだしながら、それほど自分の仕事に愛着と自信を持つ円地さんの一途さと、若々しさに感動してしまった。

円地さんが亡くなられてから、ようやく私はその仕事に取りかかった。そんな話のあれこれを、私は四十五歳も若い、孫のような角田さんにしてあげたいと思って、心が弾んできた。

（朝日新聞二〇一五年六月十二日掲載、以下同）

続・女流作家の訪れ

江國香織さんと、井上荒野さんは、二人の父上と私の深く長い友情の上に巡り合った。江國滋さんは、私が「週刊新潮」に連載小説「女徳」を書いた時の、担当編集者として、親交が始まった。端正な表情と姿勢の好男性だった。随筆家や俳人として、後に名をなしている。落ち着いた物言いや、物腰に、私は自分より、ずっと年長のベテラン編集者と思いこんでいた。

原稿授受にお互い馴れた頃、雑談の中で、私より「一回り」も若い人だとわかり、急に気が楽になった。その頃から、何となく帰りぎわにとりとめもない雑談をするようになり、江國さんの奥さんは同じ新潮社にいた先輩で、江國さんが多くの競争者の中から勝ちとった想い人だと知った。

相愛の二人の間に、まだ子供が授からないという話が出た時、私はつい先日、伴淳三郎さんが京都のさる寺の庭石を、女と手をつないでまたいだら、たちまち子供が産まれたと、何かに書いていた話を思い出し、江國さんにそれをすすめてみた。江國さんは一笑に付したが、なぜか間もなく夫人が身ごもった。そして産まれた女の子に、香織という名がつけられた。

江國さんはあくまでそんな馬鹿な真似はしないと言いはるが、私は今も半信半疑である。なぜなら香織さんは、父上よりはるかに豊かな文学的才能に恵まれ、人間の子でないようだからだ。彼女が二十代のはじめに書いて毎日新聞社の童話大賞を受賞した「草之丞の話」という童話を読んだ時、私は即座に江國さんに電話した。

「香織さんは天才ですよ。失礼だけれどお父さんよりはるかに大物だ」

江國さんは、即座に否定したが、その声は嬉しさに珍しく上ずっていた。

井上荒野さんの父上の井上光晴さんは、私より四歳若かった。ある時期から親密になり、やがて親密になり過ぎた仲になった。私は彼の文学を尊敬すると同様に彼の希代の大嘘つきの才能に不思議な魅力を感じていた。ある時、井上さんの昔の恋人と偶然電話で話すことがあった。井上さんの結婚前、最もかかわりの深かったその人は、井上さんのつく嘘は、彼の好む酒以上に彼の命の糧で、それなくしては彼の文学は生まれないと断言した。

井上さんが郁子夫人を敬愛していることは並々でなく、井上さんの数多い情事は、郁子夫人へのコンプレックスの裏返しなのだと、私は察していた。井上さんと郁子夫人の間に荒野《あれの》と切羽《きりは》の二女が生まれている。こんな名前を娘につける父も父だが、それに反対しない母も母だと、私は郁子夫人の人並みでない度胸に感じいった。井上さんは娘が二人とも芸術家になることを夢みていた。井上さんは荒野さんが小学二年生頃から童話を書いていると自慢していた。「カレーライスのお姫さま」という題まで聞かされた。

さる出版社が女性対象の文学賞を出す企画を私に依頼してきた。日本の「フェミナ賞」が生まれる運びになり、選者を他に大庭みな子、田辺聖子、藤原新也の諸氏に引き受けてもらった。その第一回の賞を江國香織さんと井上荒野さんが受けた。神仏にかけて誓うが、私は一切、私情を交えて選んではいない。受賞者より父上たちが喜ばれたのが印象的であった。

今や二人とも日本の女流文学者の大きな峯になりつつある。この時の賞に落ちたことに発奮して、今日の大成があるという角田光代さんの打ちあけ話を今度の会合ではじめて聞いて絶句した。


（二〇一五年七月十日）

防空壕

一九四六（昭和二十一）年八月、私と夫は二歳になったばかりの娘をつれ、中国から着のみ着のまま引き揚げてきた。私たちの故郷の徳島にたどりついた時、駅の人ごみの中から声をかけられた。

「はあちゃん！　はあちゃんでしょ、よう帰ってきたね」

小学校の同級生のスミちゃんだった。

「お気の毒に、あんたのお母さんな、防空壕で焼け死なれたんよ！」

私にはスミちゃんの言葉のほとんどが理解出来なかった。母が死んだということだけがわかった。その時、駅前を自転車に乗った姉が走ってきた。駅前の家々はすっかり焼き払われているので、家並みの向こうに見えていた眉山《びざん》がいやに間近に迫っていた。姉は自転車を降り、二歳になったばかりの私の娘を抱きあげた。

「よう帰ったねミッちゃん、おばあちゃんがあんなに会いたがってたのにね」

ようやく私は、母は死んだのかと聞いた。姉の答えでは、母は防空壕で、たまたま疎開先の田舎から卵や野菜を届けに来た祖父と折り重なって焼け死んだという。祖父は風邪で熱を出していたが、歩けないほどの状態ではなかったとか。

その夜の空襲は四国の徳島、高知、高松を次々襲ったという。歩くにつれ、のどかだった美しい徳島の町が見るも無惨な焼け跡になっているのが目に映ってきた。

夫の実家も焼けて、姑は夫の兄の勤め先の愛媛に行ってしまったという。わが家のあった東大工町に入ると、ここも見渡すかぎり焼けていた。ただ一軒、ぽつんと立っているのが、大工仕事が本職の父と、姉の二人でこつこつ建てた二階建てだという。義兄は召集されて満州にゆき、ソ連に抑留されてもうハガキも来なくなったという。私の子よりは少し大きい男の子が二人残されている。婚家も実家もなくなった私は父と姉の造った家に親子三人で居候するしかなかった。

その家は、もとの家の敷地にではなく、通りをへだてた向かい側に立っていた。その理由を父は「防空壕のあった跡は……」と言っただけで口をつぐんでしまった。

町内の人たちを、眉山の麓の寺に避難させきった父が、母がいないことに気づき、わが家の防空壕に駆けつけたら、まだ母がいた。

「阿呆《あほ》！　何をしとる！　早《はよ》う出んか！」

父が母の腕を摑むと、その手をぴしっと払いのけた母が叫んだという。

「もう、いやになった！　お父さん早う逃げて！　どうぞ孫たちを頼みます」

言うなり父を強い力で突き飛ばした。

翌朝、父が駆けつけた時、黒こげになった母が祖父に重なっていて、祖父は焼けずにきれいな体だったとか。

父が死ぬまでそれ以上のことは、姉も私も聞けなかった。言わず語らず姉と私は、日本の前途に悲観して、母は自殺したのだと思っている。決断力の強い、少しそそっかしい母であった。


（二〇一五年八月十四日）

もう一人の男

谷崎潤一郎全集が、中央公論新社から新しく出版されている。その月報を依頼されたので、連日、谷崎作品に読みふけり、濃厚な文に酔っぱらってしまった。

今から八十五年前、一九三〇（昭和五）年八月、最初の谷崎夫人千代が谷崎と離婚し、谷崎の友人佐藤春夫と結婚するということを、三人連名の挨拶状として、新聞にスクープされた妻譲渡事件は、つとに有名な話だが、実はそのほぼ一年前に、千代はもう一人の男、谷崎に弟子入りしていた和田六郎と、結婚寸前までいっていたことは、あまり知られていない。

谷崎の末弟終平が、事件の関係者すべてが世を去った一九八八年の「文學界」五月号に、はじめて真相を発表し、後に出版もした。世間は一応驚かされたものの、かつての妻譲渡事件ほどの衝撃はなく、噂も長く続かなかった。和田六郎は終戦後に佐藤春夫にも弟子入りをし、春夫が認めた「天狗」という推理小説の短編が昭和二十三年の「宝石」に掲載されるや、たちまち鬼才の名をほしいままにした逸材であった。

鉱物学者として、先駆的存在だった和田維四郎《つなしろう》の息子で、日本で最初の鉄筋コンクリートの家に何不自由なく育ち、貴公子然とした風貌と風采が目立っていたという。

和田家と谷崎は一九二三（大正十二）年夏、箱根小涌谷《こわきだに》のホテルで知りあっただけの仲だったが、六郎はその親交を利用して次の夏、やはり有馬温泉に避暑に出かけていた谷崎の許に押しかけたのだった。

谷崎は家族のいる宿の外に別の部屋を仕事場として借り、終日仕事に没頭していた。置き去りにされている家族の相手を、専ら面白おかしく務めて飽きさせなかった六郎の気の利いた奉仕に、千代が次第に惹かれていった。

千代は谷崎から性が合わないという理由で冷たくされ、谷崎はエキゾチックな妹のせい子に惹かれ、十四歳の時からせい子を我が家に引き取り、性的関係を持っていた。まわりの人々はすべてそれを知っているのに、有り得ないことと、一人信じないで夫に尽くしつづける千代の、純情な鈍感さに、谷崎はいっそういらいらして、人前でもステッキでなぐる、けるの暴力を加えるようになっていた。

千代に同情した佐藤春夫が、同情から恋になり、谷崎はそれを積極的にそそのかして、二人の結婚をすすめておきながら、いざとなったら言を左右にして、千代との離婚をしなかった。一本気な春夫は、そんな煮えきらない谷崎と絶交して、放浪の旅に出てしまった。

六郎はそんな噂も充分承知していただろう。春夫の純情と熱情にはじめて恋心を開花させられていた千代は、八歳下の六郎の若さの魅力に、いつの間にか心が燃えるのに抵抗できなかった。

春夫とは混浴したりしながらあくまでプラトニックな関係を保っていたが、一度恋情に火のついた千代は、六郎との間には、性の魅力を拒むことは出来なかった。

谷崎は千代の告白からすべてを承知しながら、またしてもそれをそそのかすようにして、千代が二、三ヵ月の六郎の子を流産した時は、病院には自分の子だと告げてかばい、二人をいよいよ結婚させるため、六郎の兄を説得し、住む家まで用意する。絶交したきりだった春夫を呼び帰し、今度の件をすべて報告した。千代も春夫に泣いて相談したという話が伝わると、六郎は決然と千代との結婚話を一方的に解消してしまった。

谷崎は一九二九年に書き終えた新聞小説「蓼喰ふ虫」に、同時進行形で、これを小説に仕上げている。妻譲渡事件が新聞に出たのは、その一年後のことであった。

流行作家や詩人たちが、こんな非常識な淫らな恋愛沙汰にふりまわされているのがおかしいものの、当今の小説家や詩人のあまりのおとなしさに啞然《あぜん》としている私は、ここに書いた人々の愚かしい迷いや乱行にむしろなつかしさを覚える。本来、芸術家の本質は、ひかれた軌道をまっすぐ歩めないほどの情熱と乱心が胸に巣喰っているものではないだろうか。

（二〇一五年九月十一日）

春画展に行こう

今、東京都文京区目白台の永青文庫で、日本ではじめての春画展が開かれている。九月十九日から始まったこの展覧会場は、連日人が押し寄せ、多くの見物であふれているとか。そもそも春画とは江戸時代の浮世絵画家たちが描いたもので、性交場面を、大胆精密に描いたものであった。最盛期の江戸時代には、裕福な商人や、大名家の大奥などが高値に怯えず入手したものだったらしい。画家たちは普通の絵より、はるかに高値で買われるので、こぞって、春画に力をいれたようだ。

庶民の家にもその流行は流れついて、それほど高値でない、名の出ない絵描きの作品も多く流れ、その名残の風習は明治時代になっても庶民の家庭に伝わり、娘の嫁入り道具の中はそれが必要な一品となっていた。童貞処女の初夜の手本になるというわけか。

一方、明治以来、わいせつ品だと論じられ、人前ではその話も自然に禁じられてきた。

私がはじめて春画を見たのは小学生の時で、同級生に芸者の子がいて、彼女と仲よしになった私は、色町の中にある彼女の家によく遊びに行った。ある日、彼女の母も、留守を守る祖母も出払っている時、友人が、母の部屋へ私をつれこみ、鏡台の引きだしの奥から、それを出してきて見せてくれた。極彩色の画面に目がくらんで、何の絵かわからなかったが、本能的にその意味がわかってきて、

「いやあ！　こんなゲサク（下品）なもん、見たら目《めえ》がつぶれるよ」

と、利口そうに言い、その経つづりの絵巻を投げ出してしまった。友人は表情も変えずそれを元の位置にしまったが、それ以来、私を相手にしなくなった。

見た一瞬、それが見てはならない下品なものと感じたのは漠然と想像の中にあった男女の交合の場面をのぞいてしまったような恥ずかしさに捕らえられたからだろう。

日本の春画は外国に廉価に買われつづけ、傑作のほとんどは外国の美術館におさまってしまった。小説家になって外国に出かけるようになった私はその幾つかを英、仏、独、米の美術館で見ることが出来、その芸術性に圧倒された。それはわいせつ感などを圧倒するほどの芸術価値に輝いていた。それらの作品に影響されたピカソやロダンはコレクションがあり、ゴッホもロートレックもビアズリーも影響を受けている。

ある日、永青文庫の理事長の細川護熙氏から分厚い小包が届けられた。

「お出ましにくいと思い、お届けします」という案内が入っていて、出品作品の大きな重いカタログが入っていた。いくら何でも尼さんの私が春画展で恍惚と見入っている図は漫画にもならないであろう。細川さんは何と粋な殿様であろうか。

（二〇一五年十月九日）

高橋源一郎とＳＥＡＬＤｓ

世の中が混沌として、日本はこの先、どうなっていくのかと不安が頭一杯になり、九十三年も生きてきて、こんな不確かな国の状態を見つめながら生涯を閉じるのかと思うと情けなくて、まだ死ねないと烈々と闘志が湧いてくる。しかし如何せん、体は確実に日々衰えてゆき、想いの半分も動いてくれない。えいっと力をこめて、健康だった時のように、対談やテレビ出演を引き受けてみるし、法話も寂庵でならと、特別法話というのを次々引き受けている。

とにかく、それらを何とかこなすことは出来、それらにつきあってくれた人々は、前とそっくりに元気になったと言ってくれるものの、一人になると、どっと疲れがふき出てきて、ばたっと、ベッドに倒れこんでしまう。「やせがまん張らないで下さい」と、六十六歳も年少の秘書に冷然と言われてしゅんとする。それでもこんな世の中、何とかならないかといらいらする。

体の動かない分、終日、本ばかり読んでいるが、繰り返し読んで飽きないのが、SEALDs（シールズ）の若い人たちと高橋源一郎さんの対話でなり立った本である。高橋源一郎×SEALDs『民主主義ってなんだ?』『SEALDs 民主主義ってこれだ!』という本に教えられることが多い。

若者が全く政治に関心ゼロといわれ、十代、二十代の男子が女の子に興味もなくなり、草食系など情けない名で呼ばれる世の中に絶望しかけていた私にとって、突然降って湧いたようなSEALDsの出現は驚異的だった。これらの本で識《し》ったメンバーの身の上話だけでも小説が十くらいできそうに面白い。

そこへ高橋源一郎さんが現れて、彼らの話をよく聴き、適切な指導や注意を与えるのだから安心できる。私は今の世の混乱を見ながら、かつて若者たちの神さまみたいに彼らの憧れで思想の中心になっていた小田実《まこと》さんを思いだしていた。小田さんの最期まで気を許しあった仲だった私にとっても、小田さんは頼もしい柱だった。まだ独身だった小田さんは若い人たちを思想的にも惹きつけると同時に、セクシーな魅力も持っていて、若い進歩的な女性たちは夢中になって小田さんに憧れ情熱をかきたてていた。ベ平連の運動が一まずおさまったころ、もしかして政治に引っぱられるのではないかとはらはらしていたが、そういうこともなく愛妻家でやさしい父親となった後に、病に倒れて惜しい命を散らしてしまった。

今、小田さんの生まれ変わりのように高橋さんが若いＳＥＡＬＤｓの人たちの頼もしい柱になっている。ユーモアを解し、学も深い、色の道にも詳しい高橋さんが、若い彼らに対する態度はゆったりとして優しく頼もしい。

彼らの対話を読んでいると、自分まで心が洗われて、前途に光が見えてくる。万物はすべて変転する。人も、政治も、四季の自然も。変わることに希望をかけて、超高齢者も若者に負けず、命ある限り、前向きで進もう。

（二〇一五年十一月十三日）

罰か慈悲か

　今年もはや残りわずかになった。大病の中から、奇跡的によみがえり、仕事もぼちぼちながらさせてもらっていることは、またとなく有り難いと思わなければ、罰が当たるだろう。この一年で知人、友人がばたばたと亡くなっていったのは、九十三歳という自分が当然受けねばならぬ宿命だろう。

　百歳以上の人が六万人を超えるとかいう現代、九十三歳まで生きてしまった自分の長命など、大したことではないのかもしれないが、来たる正月で、数え年なら九十五歳になるのかと思うと、ぞっとする。

　長命が人間の最高の幸せであるかのように、人々が憧れていたのが、つい昨日のような気もするが、自分の長命の九十三年をふりかえってみて、そうとばかりも言いきれない気がする。

何よりこたえるのは、一週間のうちに、何人も、有縁の友の死を知らされることである。その大方が自分より若いのが、更に身にしみる。

先日、久しぶりで佐藤愛子さんに逢った。愛子さんの小説『晩鐘』が京都府宇治市主催の紫式部文学賞に選ばれたお祝いの会であった。宇治市の源氏物語ミュージアムの名誉館長の私は、この賞の初めから関係していて、選者も何年か務めていた。年と共にこの地方賞に重みがついてきて、立派な作家の作品が毎年受賞するようになっている。愛子さんの『晩鐘』は、どうしても書かねばならなかったことを、ついに書いたという大切な作品で、愛子さんの九十一歳の大作であった。私は連載中から読んでいて、これは愛子さんの代表作になるだろうと感銘していた。

ところが愛子さんは体調が悪くて、授賞式には出席がかなわないかもしれぬという。愛子さんも、すでに九十二歳だから、そういうことがあっても不思議ではないと、私は納得しながら、一方、やはり出席を望んでいた。

当日、私の講演もあるので、私は前々から体調を整えて出席した。幸い愛子さんは控室にいつもの晴れやかな美貌に、ちょっと疲れをにじませ、それがいっそう美貌に深みを増し、あたりが輝くように美しかった。気がついたら、私たちはものも言わず、しっかりと抱きあっていた。たちまち、あたりに人がいることも忘れて、私たちは喋りあった。数えてみれば三年六カ月ぶりの再会であった。愛子さんは言った。

「私の前に一つ上の瀬戸内さんが立って、冥途への道をふさいでくれているのよ。あなたが死ねば、私自身が直接冥途の入り口に立つことになるから、あなた、死なないでね」

まわりにいる編集者が揃って笑った。これ以上長生きしたくないけれど、こればかりは仏さままかせでわからない。自分の死ぬ日がわからないというのが、仏の罰か、慈悲か、不問のところが、やはり仏の慈悲なのであろうかと思う。（二〇一五年十二月十五日）

幻人横尾忠則さんの幻画展

目下、神戸の横尾忠則現代美術館では、「幻花幻想幻画譚」展が開催されている。三月二十七日まであるそうだ。この展覧会は、私が一九七四（昭和四十九）年十月二十日から、翌、七五年九月二十日まで、東京新聞に連載した小説「幻花」の挿絵を、横尾さんが描いてくれた原画展である。

今から四十三年前の五十一歳の秋、得度した私は、翌年四月から六十日間比叡山の行《ぎょう》院《いん》で厳しい修行をした。行が終わると仕事は殺到したが、ほとんど断った。東京新聞の連載小説は残した。

時代は室町、足利将軍義政の頃で、史実を調べた上で、私の空想を存分に自由に生かした。

例えば、義政夫人、富子に双子の妹がいたなどという話で、その妹千草の語りで話が進む。今度何十年ぶりかで読み返すと、面白くて夢中になり、この先どうなるのだろうとワクワクするのだから、老い呆けもいいところだ。

ところが横尾さんの挿絵が、小説以上にとっぴで、突然UFOが出てくる。さすがの私もぎょっとした。遅い原稿に業を煮やすと、挿絵の方が一週間分どっと先に届く。強烈な横尾さんの絵の迫力に押されて、私の小説も負けまいと、益々空想の中に広がっていく。

原画展に行ってびっくり仰天してしまった。すべて白紙にインクで描いてある絵の鮮烈で美しいこと！　横尾さんは字もうまい。般若心経を書いたものが引きのばされて出ていたが、清潔で気品があり、心正される力があった。

最近、「第二十七回高松宮殿下記念世界文化賞」を受賞したばかりであった。珍しくこの受賞を横尾さんは心から喜んでいた。これで世界が自分を優れた画家だと承認してくれたと、素直な声をかくさなかった。

ところがその直後、また入院したとか。横尾さんの入院は、趣味の一つなので、私は気にもかけなかったが、展覧会で会った瞬間、驚きと不安で悲鳴をあげそうになった。顔色がどす黒くなり、痩せて弱々しく、全身から活力が消え失せていた。案の定、私と先鋭な批評家の浅田彰さんとで参加者の前で鼎談《ていだん》する予定だったが、それが無理となり、ついに出席不可能の貼り紙を出してしまった。

ところがいざ会が始まる直前になり、横尾さんがどうしても舞台に出ると言い出す。止めても聞かず、よろよろと舞台に上がってしまった。満席の聴衆が喜んだのは当然である。しかも一時間半余りの鼎談の間、横尾さんの言葉は次第に冴え返り、司会者の浅田さんの高尚な質問に、ユニークな鋭い意見を述べていた。時間がたつほどエネルギーが満ちてきて顔色もよくなった。私は思わず、たくさんの聴衆のエネルギーを頂いて、横尾さんは奇跡的に体調を取り戻したと、聴衆に御礼を言った。

その翌日、心配で電話したら、すでにアトリエで仕事をしていた。摩訶不思議な幻人である。

（二〇一六年一月八日）

明日はしれない今日の命を

この世は苦の世だというのは、仏教の根本思想だけれど、そうとわかっていても、人間は、今日一日が無事であることを信じて生きつづけている。朝、目を覚ました時、ああ、今日も生きていた、ありがたいことだなど、しみじみ思う人なんて、まあいないだろう。

ところが一寸先は闇なのがこの憂き世なのである。

中国の正月、春節を目前にした二月六日、台湾南部に大地震が襲い、高層集合住宅(地上十六階、地下一階)が倒壊し、三十人を超す死者を出し、尚《なお》建物の中に百人以上が閉じ込められたという大事件が起こった。日本でも、関西の大震災や東北の地震、津波の襲撃の恐怖を味わってきているだけに、他人事とは思えず肝を冷やした。テレビに映る救助の様子を見ると、関西や東北の悲惨事がよみがえり、胸が痛んだ。たまたま、私は前日に贈られてきた未知の人の本を読みかけているところだった。それは、一九八五年のあの悲惨な日航機事故で御長男一家を亡くされた父親、栗原哲さんの書かれたもので、「愚直」という題の本であった。「戦前から戦後、九十年を愚直に生きた男の記録」という文字が、題の下に記されていた。

贈り主は、次男の橋本毅さんである。父親の自分史を綴る姿に打たれた毅さんが、その手記の整理を助け、事故後の日記の整理も手伝ったのだという。その中に私の名が度々見え、時には「寂聴さん助けて」という文字も見つけたので、この本を恵送して下さったということだった。

哲さんはこの一月で九十三歳になられ、私と同年であった。栃木県那須郡が故郷で、師範学校の卒業は一九四三（昭和十八）年九月。半年繰り上げの卒業も、私が東京女子大を同年同月、繰り上げ卒業したのと同じであった。私はその直後、結婚相手と北京へ渡り、そこで終戦を迎えたが、哲さんは入営し、満州の孫呉《そんご》に配属され暗号係になっている。敗戦後はシベリアに捕虜になって苦労している。ダモイ（帰還）できたのは、一九四八年八月だった。

私は北京で女の子を授かり、現地召集された夫も無事帰り、親子三人で引き揚げてきたのは、哲さんより二年早かった。

その後哲さんは、ずっと教員生活をつづけ、教頭も校長も勤めあげ、二人の男の子にそれぞれ孫が出来、幸せな日を過ごされていた。日航機事故で、長男崇志さんとその妻陽子さんと、初孫の祥ちゃんを失うまでは、平穏な生活だった。突如降って湧いた不幸は、哲さんの平穏な生活を根こそぎ奪い去ってしまう。目を覆う悲惨な御巣鷹《おすたか》の墜落現場での遺体確認の様子など、哲さんは気丈にも正確に認《したた》めている。涙なくしては読めない手記であった。

この飛行機に、私が古里徳島で五十八歳で開いた寂聴塾の塾生の妹さんが乗っていて、亡くなっている。寂聴連という阿波踊りの連をつくって塾生と一緒に私も踊っていた。塾生のお姉さんと一緒に踊る予定で東京の勤め先から徳島へ帰るため、彼女もあの飛行機に乗っていたのだ。それから一年経った時、私は御巣鷹へ行き一周忌の法要を勤めさせてもらった。あの時、参列していた遺族席に哲さん夫妻が居られたのだろうか。

哲さんは去年十月脳梗塞を起こし、話も食事も出来ない状態だとか。私も大病からようやくよみがえったばかりである。二人とも生きている間に、一度でもお見舞いしたいものだが。

（二〇一六年二月十二日）

老いていく被災者たちは

五年前、私は八十八歳だった。はじめての圧迫骨折で京都・寂庵のベッドに五カ月も寝て暮らし、全身体力が衰え、歩けなくなっていた。そんなある日、ベッドで見ていたテレビに、突如として東北の地震と大津波の様子が映った。

現実としても見えず呆気にとられていると、つづいて福島の原発事故が映り、気がついたら、私は誰の手も借りず自分でベッドを下り、すくっと立っていた。「原発ショック立ち」だとスタッフに言って、もう寝てなんかいられないと、歩くリハビリに熱中した。それでも飛行機や列車に乗れるようになったのは六月になってからだった。

六月のはじめ、名誉住職を務める岩手の天台寺で青空法話を久しぶりにした。四千人ほどの聴衆の中には天台寺のある二戸市浄法寺町《じょうぼうじまち》から東海岸沿いの被災地に嫁いでいて、命からがら故郷の生家に逃げ帰った人々の顔も見えていた。

その翌日から車で被災地を訪ねる旅に出た。

五十一歳で出家して、晴美が寂聴になって以来、私は日本のどこかに天災の被災があると、直ちに有り金をかき集め、誰も誘わず一人で被災地へ飛ぶ。天災の場合は必ず死者が出ている。新仏に向かって下手なお経をあげ、けが人や病人を見舞い、突然の天災で様々な被害にあった人々の苦労や、愚痴を聞き、手をとりあって、一緒に泣く。疲れきった人の肩を揉み、体をなでさする。「あぁ、気持ちが楽になった」という被災者のため息のような声を聞くと、来てよかったと思う。持って来たお金は、その村や町の責任者に渡す。

その程度しか私の力では出来ない。それでも、それをつづけているうちに、辛い身の上の苦労を打ち明けられ、一緒に泣いてあげるだけで、相手は、「あきらめていたけれど生きていく力が出てきた、ありがとう」と言ってくれる。

私は小説よりあんまがうまい。私の出た四国徳島の県立の高等女学校は、五年の学業が終わり卒業する間際に、町の本職のマッサージ師やあんまさんを呼び込み、卒業予定の全員に実習させ、あんま、マッサージの基本的術を習わせる。それを受けない者は、卒業させてくれない。

私の卒業の時、二百人の卒業生の中で一番上手だと本職さんたちに認められたのが私であった（ホント！）。その名誉を得た者は、校長先生を揉んで卒業する。習った術の最後は、頭を十本の指先で軽く叩いて終わる。私は校長先生の薄い髪の頭を叩いて卒業したのである。そんな話をしながらあんまするると、される人も、まわりの人も笑いだし、場が和やかになり、気がつくと、ずらっと、私のあんまを待つ人の列が出来ている。

その人たちとの手紙のやりとりが始まり、つづき、今もつきあいがつづいている。まだ仮設住宅にいつづける人も、子供の住む他県に移った人も、力尽き、亡くなった人もいる。この五年間に私も老いつづけ、病の日が多くなり、九十三歳（あと二カ月で九十四歳）になってしまった。

もう何が起きても、被災地に駆けつける体力はない。あの人たちも私に劣らず老いている。

生きているうちに、不自由な仮設住宅から出てもらいたいものだ。

（二〇一六年三月十一日）

これからの乙武さん

今から十七年前の初夏、乙武洋匡《ひろただ》さんが後にも先にも一度だけ、京都の私の住み家、寂庵へ訪れてくれた。たしか乙武さん、二十三歳の時だった。早稲田の学生で、すでに『五体不満足』という本を出版して、本は売れに売れ、有名人になっていた。

その乙武さんと私との対談を、雑誌「現代」が企画した。

約束の時間通り、「現代」の長身の編集者が軽々、乙武さんを胸に抱き、門から入ってきた。玄関に入るなり、私の足元へ、軽い荷物を置くように、抱いてきた乙武さんをひょいと置いた。乙武さんは、その瞬間、私の目には、一個のぬいぐるみのように見えた。そのショックで、私はうろたえてしまった。本も読み、写真も見てはいたが、実際に両手、両足のないその人を目撃した瞬間の驚きは、予期以上のものであった。この体で生まれ、早稲田の学生になって、ベストセラーの本を出すまでの歳月、人のしないどれだけの苦労をしてきたかと思うだけで胸がいっぱいになった。

対談が始まったら、乙武さんは、すがすがしい美形の顔を真っすぐあげ、私の顔を正面から見て、その清潔で深い瞳で私の目を見つめ、質問に即座に期待以上の答えをくれた。

「障害は不便である。しかし、不幸ではない」

と、『五体不満足』の本に書かれたヘレン・ケラーの言葉を、彼の口から、きっぱりと、じかに聞くと、その言葉の重みが、格別の感動を呼びおこすのであった。彼以上の苦しみに耐えて、ここまで爽やかな人間に育てあげた母なる人の、精神の強さと聡明さに、改めて感動した。

会ったのはその時だけだったが、その後の乙武さんの動きや噂を他人事ならず注意していた。結婚したと聞いた時も、教育者になったと聞いた時も、子供が次々生まれたというニュースも、自分の肉親の慶事のように嬉しかった。

ずっと陰ながら好意を抱きつづけ、その幸福を祈っていた乙武さんが、突然、不倫の不行跡をあばかれ、週刊誌に書きたてられ、マスコミに非難されている。

まさか夏の参院選に向け、自民党で立候補するなど思いもかけなかったが、さすがにそれは取りやめた。
　これから生きのびるには、小説家になるしかないのでは。小説家は不倫をしようが、色好みの札つきになろうが、その恥を書きちらして金を稼いでもどこからも文句は言われないよ。

（二〇一六年四月八日）

若草プロジェクト立ち上げ

今の日本の若者の中には、自分の考えをはっきり心にうち立て、大人たちの支配する納得のいかない世間の動きや、権力者たちの言動に、敢然と立ち向かう頼もしい人々もいる。しかし一方では、人には言えない深い悩みに、SOSをかかえこみ、日々濃くなる心の闇に孤独に呻吟している若者、特に少女や若い女性たちが少なくない。誰か彼女たちに手をさしのべるべきではないか。

そんな話を真剣にしてくれたのは、日頃、私が心から敬愛している弁護士大谷恭子さんだった。大谷さんは永山則夫・元死刑囚や重信房子受刑者の弁護をした人だ。やがて、大谷さんと同じ考えを持つ同志があらわれた。あのひどい冤罪事件で苦労された村木厚子さんとその御主人村木太郎さんだった。三人は、苦悩している彼女たちのよりどころになる場所を作ろうという計画をたて、着々とそれを実現しようとされ、私にも誘いの声をかけてくれた。

今月十五日には、もはや九十四歳になる私は、とみに体力も知力も弱ってきて、明らかに老衰の一路をたどっているが、生涯の最後に、法師としての立場からも、このプロジェクトに参加して、苦しんでいる人たちのなぐさめになる役をしよう、いや、するべきだと、心が定まってきた。私は即、大谷さんたちの仲間にいれてもらった。実行力のある大谷さんのもとに、たちまち支援者たちが集まり、しっかりした会が生まれた。

会の名前は「若草プロジェクト」と決まり、私と村木さんが、外部に対して、会の代表呼びかけ人となった。

まず寂庵で、様々な分野で活動する支援者たちの第一回研修会をすることになった。寂庵の法堂は、つめて座れば二百人くらい入れるが、研修者たちはノートもとるから、机と椅子がいる。どうにかその用意も出来、当日集まったのは厳選された六十人。それぞれ仕事を持つ、インテリの女性たちであった。司会者が選ばれ、会はてきぱきと小気味よく進んでいった。どしどし立ち上がって、しっかりした声で理路整然と意見を述べる彼女たちの魅力と頭のよさと弁舌の爽やかさに私は仰天してしまった。

彼女たちは自分だけの幸福を望んでなどはいない。不幸な力弱い同性の孤独な悩みを自分のこととして受け取り、彼女たちの悩みの闇に光となろうとしているのだ。
日本はまだ大丈夫だと、私は涙が出そうにうれしくなっていた。

（二〇一六年五月十三日）

明日

一年の中で、私の最も好きな五月がすでに終わってしまった。五月は私の誕生月であると同時に、月の終わりは、私の情人の命日でもあった。男には妻子があり、まだ六十六歳であった。七十六歳ならまだあきらめがつくだろうけれど、六十六歳で死ぬのはあんまりだと男は嘆いた。物書きの男は、もっともっと書きたいと身もだえしていた。

私より四歳若かった彼は、戦争にはとられないで生き残った。生き残ったことが恥のように感じて、彼は自分の仕事として選んだ文学に、世の底辺に生きて苦しむ人々の生活を書きつづけていた。貧しい人、差別に苦しむ人、恋の実らぬ人たちが、彼の小説には選ばれていた。暗い主題と難しい文章についてくる読者は多くなかった。家族を養うため、必死に書きに書いていたが、ずっと貧しい様子だった。

その中から、毎月原爆の被爆者たちへの救済の金を熱心に送りつづけていた。私にも自分の何倍もの金銭を送りつづけるようにすすめていた。度々、彼らを見舞うために広島や長崎に出かけてもいた。長崎が広島の次に原爆を受けた直後、東京で働いていた彼は、長崎へ行き、被爆者の間をかけまわって介抱したと話していた。

「だから、たぶん俺はそんなに長く生きていないよ。体に原爆の毒をもらっているから……」

と、酔うとよく口にしていた。

私たちは同じ仕事をしているので、互いの原稿締め切り日が同じであった。

ある時、締め切りが終わった翌日、訪ねてきた彼が、いつもより痩せてぐったりして、貧相な体が余計、貧相に病的に見えた。心配する私に、力いっぱいのきつい小説を書いてきたからと告げた。お互い自分の小説の活字になる前のことは口にしないのに、その日に限って、彼はその小説の中からまだ抜け出していないように、語りたがった。長崎に原爆が落とされる前日の、幾組かの人々の一日を書いたという。

「ああ、それはきっと、いい小説ね、傑作かも」

「題が、まだ決まらないんだ、題がねえ……」

「どうして？〝明日〟でいいじゃない」

「あした……か」

それきり彼は黙りこんでしまった。元来詩人になりたがった彼の小説の題は、長々として覚えがたかった。

届いた文芸誌には、「明日」という題でその小説が載っていた。その小説は映画にもなり、死後、次々絶版される彼の小説の中でも、きりりと残っている。

この原稿を書いている私の前に、二十八歳の秘書が新聞をさし出した。五月二十八日朝刊の一面の左肩に、黒人のアメリカ大統領オバマ氏が広島の被爆者と抱きあっている写真がのっていた。

「カンドウ……ぐっときた！」

秘書の大きな目にいっぱいの涙がたまっていた。

「核兵器なき世界を追求する勇気を持たなければならない」

オバマ大統領は言った。あの世にもこの新聞は届いているのだろうか。

世界の明日に平和の陽の輝くことを。


（二〇一六年六月十日）

善い、悪いの命

熊本の大地震の被害もまだおさまらないところへ、また衝撃的なニュースが飛びこんできた。バングラデシュの首都ダッカで、武装集団がレストランを襲い、中にいた外国人が多数死傷させられた。その中で日本人が七人命を奪われたという慄然とさせるニュース。殺された人の中には鋭利な刃物で、のどや首を刺されていた人もいたと報じられている。

コーランを暗唱させられ、できなければ殺したという。テロ殺人者たちは若者で、裕福な家庭に育ち、高学歴だったとか。

彼らのほとんどは治安部隊の突入で殺害されたそうだが、彼らに殺された日本人が、それで生きかえるわけでなく、理不尽な悲劇はあくまで悲劇のままである。

殺人者は数ヵ月前から、家を出て消息を絶っていたというから、すべては覚悟の上の実行だろう。彼らと同年くらいの同国人の青年はイスラム教徒だから出ていくことを許されたが、一緒にそのレストランで食事をしていた外国人の女性二人を見捨てることができず、共に残って命を落としたという報道も目にした。こうした人間らしい感性の若者もいる国なのだ。いざとなると、人間は本性が出る。本性の尊さも卑しさも、かくしようなくあらわれる。何の宗教に属していようが、人を殺せと命じる宗教などあるはずがない。あるとすれば、それこそ邪教である。

殺害された七人の日本人の履歴や写真を見ると、痛ましさで涙があふれてくる。二十七歳の下平瑠衣さん、八十歳の田中宏さんも、婚約者のいた三十二歳の岡村誠さんも、命はそれぞれ一つきりだった。八十歳の命も二十七歳の命も、同じ重さと尊さである。「何か」に与えられ、この世に生まれ出た命である。自分のもののようで、実は自分のものではない命である。

「何か」に与えられ、この世に送り出された時に、定命《じょうみょう》までは、生きるはずの命である。外国のテロリストの若者にむざむざ殺されるような命ではなかったはずだ。地震や津波で失われた命も、近頃はむやみに多くなった。遺族たちの口惜しさ、悲しさはどんなに悲痛なものだろうか。

〝代わってあげたかった！〟

私は新聞をくり返し読みながら、紙面の上に思わず涙をぼたぼた落としていた。私はもはや九十四年も生きのびている。看るべきものは看つくしたし、したいことも十分しつくした。今、殺されても、この犠牲者たちより悲痛ではない。私の死を悲しんでくれるはずの人もすでにみんな死んでいる。因果応報という仏教の言葉は、いいことをすればいい結果が報われ、悪事を働けば、ひどい目に遭うというような単純なものではないらしい。何がいいことで、何が悪いことか、その基準さえ、時代と共に刻々変化している。

たまたま、参院選の投開票日が目前に迫っている。現在の日本の善い、悪いの定めを、改めて見直し、とくと、考えてみる必要があるのでは。

（二〇一六年七月八日）

平和だからこそ阿波踊り

八月十二日から、徳島では阿波踊りがはじまる。
私は故郷徳島に少しでも恩返しをするつもりで、一九八一（昭和五十六）年、五十八歳のときに寂聴塾を開いて、塾生をつのり、文学塾にした。手弁当の奉仕であった。男女を問わず年齢制限もなかったので、高校生から七十歳の老人まで集まった。女性が断然多かった。

毎年阿波踊りに塾で参加しようということになり、塾の名を書いた大きな提灯を二つも作り、塾生デザインの浴衣をみんなで着て、私はその上に衣を羽織ってくりだした。私はいつもその先頭に立って踊った。お賽銭が、見物席から飛んできたのにはびっくりした。寂聴塾の阿波踊り参加は名物になって、うけたので塾生はすっかり有頂天になった。

そのうち、私が岩手の天台寺の住職になってからも、阿波踊りのときは、十一日、岩手から四国へ飛んで行き、十二日に踊って十三日には岩手に帰るという奇行を続けていた。

塾を卒業しても塾生は踊りには必ず集まった。その踊りも、さすがに寄る年波には勝てず、数年前から出かけていない。長い歳月には、井上光晴夫妻や藤原新也、横尾忠則、平野啓一郎、諸氏が参加してくださったのは華やかであった。

編集者諸氏も男女を問わず競って参加してくれるようになった。そうした客分の踊り手は、自分が一番うまいと思いこむようになるのがお愛嬌だった。

「今年はぜひ踊りにきませんか?」

と旧《ふる》い塾生たちが誘ってくれた。長患いの後なので、みんな心の中で私のことを心配してくれている。しまいには、踊れないまでも、車椅子で運び、浮かれてきたら、車椅子の上で上半身だけでも踊らせたいと、涙ぐましいことを考えてくれている。

「今年が最後の阿波踊りになるかもしれないでしょ」

口には出さないが、どの目もその想いをたたえている。

私は声が大きく、はりがあるので、電話で私の声を聞いた面々は、揃って、

「声が元気じゃないですか。前と全く変わりませんよ」

と言う。食欲もあるし、お酒も呑める。しかし、私の体の衰えは、何としても九十四歳そのもので、一番楽なのは、横になって、本を読んでいるときである。忙しくて見られなかったテレビも、気がついたら二時間もつづけて見ている。原稿は、指の骨が曲がってしまったので、ペンの字がますます読みづらくなっている。最近読んだ本は、長尾和宏氏の『「平穏死」10の条件』というものである。

東京女子大で最も親交のあった近藤富枝さんが亡くなり、八月二日がお葬式だったが、私は上京できる体調ではなかった。

阿波踊りは戦局の悪化で中止され、戦後の一九四六年に復活。その時は、焼け残った浴衣や寝まきを衣装に、舗装されていない道路を裸足で踊ったそうだ。北京から着の身着のままで二歳の子供を連れ、親子三人引き揚げてきた時は、戦後はじめての阿波踊りはすでに終わっていた。

平和だからこそ阿波踊りはつづけられるのである。

（二〇一六年八月十二日）

この世の地獄

今からおよそ九十年前、私は子供であった。故郷の阿波の徳島は、お盆の阿波踊りの時以外は、いつでも眠ったように静かで、お四国詣《まい》りの巡礼の鈴音が時々通りすぎるだけだった。

空は青く高く、いつでも晴れ晴れと輝いていた。南国なので冬に雪を見ることもめったになく、たまに白いものが空から舞い落ちると、子供たちは歓声をあげて往来へ飛びだし、エプロンを体の前に広げて、貴重品を集めるように、雪をそこに受け取ろうと走り回った。雪が積もることなどめったになかった。わずかな雪を集めて祖母や母のつくってくれた「雪うさぎ」をお盆にのせ、宝物のように抱いていた。

ふだんは雨さえめったに降らなかったが、小学校へ上がるようになると、長い夏休みが明け、二学期が始まるとすぐ、必ず訪れる暴風雨があった。

大人たちは、それを「二百十日」と呼んでいた。それ以外の季節にたまに大雨が降ると、「時化《しけ》」と呼んでいた。子供は暴風雨などという言葉は知らず「しけ」と言っていた。

季節外れの時化に見舞われると、小学校では、授業が休みになり、早々と子供たちを家へ帰した。突然の早退は、お祭りが来たようにうれしく、子供たちは大喜びした。

そんななつかしい記憶しかない「時化」が、九十年過ぎたこの頃では、毎年、恐ろしい暴風雨になって国じゅうを襲い、死者や行方不明者をおびただしく出し、堤は切れ、川は氾濫《はんらん》し、家々は流され、壊されていく。天気予報はテレビやラジオでこまめに正確に報じられるが、それの防ぎ方は、避難所に行くだけしかない。逃げ遅れた年寄りたちの死者や行方不明者は、何十人と報じられるのが当たり前になっている。これほど文明が発達し、月に人間が降り立ち、宇宙を人が飛び回れる世の中になっても、毎年見舞われる暴風雨の被害を防ぐことができないのはどうしてだろう。

自然の猛威に人間の力はひとたまりもない。万物の霊長などとうぬぼれている場合ではない。世の中で恐ろしいものは、「地震、雷、火事、親父」と言ったものだが、現在、恐ろしい親父などめったにいなくなって、長生きすれば認知症になり、若い人たちの負担になっている。

自然の災害が報じられる度、逃げおくれた老人たちの死に様や行方不明者の数を聞くと、九十四歳になってしまった私は、やりきれない鬱に襲われる。こんな時、北朝鮮が何やら恐ろしい爆弾を日本海にバラバラ打ち出している。中国は、日本の海でわが物顔に船を泳ぎ回らせている。拉致被害者の解決も一向につかないまま、したい放題にされて、日本はただ歯を食いしばっているだけだ。自然の猛威は恐ろしいが、人間の我欲はもっと恐ろしい。

老齢のきざしの見えはじめた地球に、長命一途になる人間があふれんばかりに住んで、年々に自然災害にうちのめされている。これがこの世の地獄でなくて、なんであろうか。

（二〇一六年九月九日）

バカは私

一九二二（大正十一）年五月十五日生まれの私は、ただ今、満九十四歳である。防空壕で焼死した母は五十一歳だったし、父は五十六歳、姉は六十四歳で、共に病死している。短命の家系と信じこんでいたが、近頃、会う人ごとに別れ際には、「どうかいつまでもお元気で」「百歳まで生きて」と言われる。

さすがに体は傷んできて、ここ、二、三年は、背骨の圧迫骨折から始まり、胆囊《たんのう》がんまで見つかったものの、いつの間にやら持ち直し、寝たきりになるかと思われたのが、今では家の中では杖もなしにスタスタ歩いている。外では用心のため、まだ車椅子を用いているが。

そんな私を見限らず、このような短文を書かせてくれる新聞や雑誌もあれば、連載小説を始めさせてくれた文芸誌さえある。振り返ってみても満九十四歳で、これほど仕事をしつづけた作家はいないだろう。

それは感謝すべきだけれど、ここへきて、老体に似合わぬみっともない舌禍事件を起こしてしまった。

ある日、日本弁護士連合会から電話があり、「福井で人権擁護大会が開催される。その一日目で死刑廃止のシンポジウムを行う予定である。そこへビデオメッセージを送ってほしい」と言ってきた。私が日頃、「死刑廃止」について関心を持ち、日本の現死刑制度に批判的なのを承知の上の要求である。私は即、メッセージの収録に応じた。

「……人間が人間を殺すことは一番野蛮なこと。みなさん頑張って『殺さない』ってことを大きな声で唱えてください」

と言った。その後に、

「そして殺したがるバカどもと戦ってください」

と結んだ。

私の気持ちは、「殺したがっている」という言葉は、今もなお死刑制度を続けている国家や、現政府に対してのものだった。常日頃、書いたり、口にしたりしている私の死刑制度反対の考えから、当然、今も世界の趨勢《すうせい》に遅れ、死刑制度をつづけている我が国の政府に対して、人権擁護の立場から発した意見であった。バカという言葉は九十四歳の作家で老尼の口にする言葉ではないと、深く反省しているものの、発言の流れからしても「バカども」は当然、被害者のことではないと聞けるはずである。でなければ、言葉に敏感な弁護士たちが、そのまま流すはずはないだろう。これまでも私は文学者としても出家者としても被害者のために論じ、行動してきている。過去の私の言行を調べてくれればわかるはずである。

それを私が犯罪被害者たちをバカ呼ばわりしたととられ、ネットで炎上して、私への非難が燃え上がっているという。

秘書から炎上を知らされた時、真っ先に浮かんだのは「もの言えば唇寒し秋の風」であり、「だから長生きは厭なんだ」であった。そんな誤解を招く言葉を九十四歳にもなった作家で出家者の身で、口にする大バカ者こそ、さっさと死ねばいいのである。耄碌《もうろく》のせいだなどと私は逃げない。お心を傷つけた方々には、心底お詫びします。

「恨みをもって恨みに報いれば永遠に恨み尽きることなし」という釈迦《しゃか》の言葉を忘れないままに。

（二〇一六年十月十四日）

買えなかったランドセル

一九二二（大正十一）年生まれの私は、現在九十四歳である。私が小学校に入学したのは、二九（昭和四）年四月であった。

その二ヵ月ほど前、わが家は引っ越しをして、私の入学する徳島市の新町尋常小学校に歩いて四分の近所に暮らしはじめていた。幼稚園は徳島駅前に近い寺島尋常小学校の校内にあったので、新しい住まいの近くには友だちが一人もなかった。

二人姉妹の姉は五歳年長だったので、転校は厭だと言って、毎朝、三十分歩いて寺島尋常小学校へ通いつづけていた。父が莫大な借金を背負い、家が貧乏になったことが幼い私には理解出来ず、四人家族の中で一人陽気であった。目前にひかえた小学校入学がうれしく、毎日浮き浮きしていた。

器用な母は、古めかしいシンガーミシンを一台持っていて、それで子供たちの服を手早く縫い、婦人雑誌の付録を見て、表紙の女の子が着ている服やオーバーを、そっくりに編みあげて、私たち姉妹に着せていた。私はそんな服を身につけていることが誇らしく、そんな器用な母がそれ以上に自慢であった。五つも年の差があるので、着物以外の下着や服は、姉のお古は合わなく、いつでも新しく作ってもらっていた。それほどまでに家が貧乏になったことを私はまだ全く気づくことができなかった。

入学が近づくと、母は私をつれて洋品店へ出かけ、私の新しい服を買おうとしたが、どれも気に入らない、私に似合わないと言って何も買わずに帰り、私の入学の服もミシンで縫ってしまった。その頃、母が夜なべに刺繍《ししゅう》をしたり、その布で何かを作っていた。出来上がったのは、美しい花の刺繍のついた手さげ袋だった。

「これ、ハアちゃんの新しいかばん」と言って私に手渡した。

「きれいだろう、おかあさん、刺繍上手でしょう」と笑顔で言った。私はその通りだと思ってはしゃいでいた。しかし入学してみると五十人のクラスメートは、みんな革のピカピカするランドセルを背負っていた。ランドセルのない子は私をいれて、三、四人だった。

「みんなのお母さんは、裁縫が下手で、刺繍も出来ないんだ」と私は無理に自分に言いきかせていた。

そんなある日、担任のおなかの大きくなった女の先生が、私の手さげを見て、手に持ちあげ、「まあ、きれい！　お母さんが作ってくれたの？　こんなきれいなかばん、どこにも売ってないよねえ！」と言ってくれた。

最近読んだ通販雑誌の特集記事に、新入学の準備金、小学一年生、六万三千三百円、中学一年生、八万三千二百八十五円が用意できなくて、子供の入学に悩んでいる親がたくさんいると載っていた。それらの家庭は「貧困状態にある」とされている。

ランドセルの平均価格は今、四万二千四百円だとか。国は他国に莫大な援助金を贈るゆとりがあるようだ。ランドセルが買えず入学に困っている子供たちがあって、いいものだろうか。

（二〇一六年十一月十一日）

あの夜

その夜、私は東京女子大の寮にいた。明日、その年最後の学期試験があり、それが終われば冬休みで郷里の徳島に帰ることができる。

徳島の県立の高等女学校では、五年間優等生だった私は、東京女子大の国語専攻部に入学して以来、あまりの大学の愉しさに、すっかり酔っぱらって、なまけ者に変身していた。休みといえば、歌舞伎座や新劇場に通いつづけていた。立派な大学の図書館では、教室では取りあげられない西鶴ばかりに熱中していた。

初代学長の新渡戸稲造氏の思想から、寮は一人で思索する時間が必要だと一人部屋だった。三畳の部屋に勉強机と小簞笥《こだんす》が備えつけられている。ベッドでも入れると、歩くすき間もなくなってしまう。アメリカのクリスチャンたちの浄財で建ったという大学は門際に美しいチャペルがあり、土曜日ごとに講堂に全校生が集まり、安井てつ学長のお祈りに声を合わせた。

徳島の女学校では、授業中にも千人針が回ってきたり、放課後は中国の戦地の兵士たちのチョッキを、日の暮れるまで縫わされることが当たり前だったのに、女子大では、生徒たちは、しゃれた服を着たり、袖の長い華やかな着物を着ていた。

学者や芸術家を親に持つ学生も多く、彼女たちは、カフェテリアでお菓子を食べたり、コーヒーを飲みながら、別に声をひそめもせず、「この戦争はまちがってるのよ。このままでは、たぶん日本は負ける日が来るそうよ」と話す。「何を言う非国民！」と、あきれ返り、腹を立てていた私も、いつの間にかそんな言葉に慣れていた。

その夜、一九四一（昭和十六）年十二月八日のことだった。私たちは、学期試験の勉強の真っ最中で、寮生たちは消灯後も、ドアのすき間を黒い布で覆い、明かりのもれるのを防ぎ、試験勉強に熱中していた。日頃、代返を頼んだりして、歌舞伎や新劇に熱中していたので、明日の試験は一大事だった。ようやく、頭が勉強に統一されてきたその時、廊下を誰かが、すごい足音で走りすぎて行く。黄色い声が、足音より大きく、

「日本軍が真珠湾を攻撃！　大勝利！　大戦果！」

と叫んでいる。私は急に全身の緊張が解け、安心と喜びで躍り上がっていた。日本の

勝利のためではなく、これで明日の試験はなくなるだろうと思った。全身の力が抜け、私は本やノートをその場にたたきつけ、大あくびをして、直ちに眠ってしまった。

翌朝、すべてはいつもの通りで、試験も一分の差もなく予定通り行われた。日本軍の奇襲で二千四百人が死亡したアメリカは、日本に宣戦布告をした。

あれから七十五年……十九歳だった私は九十四歳の老婆になった。あれからの長い戦時の苦労を共に味わった人々は、ほとんどこの世を去っている。戦争で殺すのも殺されるのもつくづく厭だ。戦争が二度と来ない世の中は、人間が生きている限り望むことができないのであろうか。


（二〇一六年十二月九日）

作家の日記

梯《かけはし》久美子さんが、私小説作家として、戦後、歴史的な名声を得た島尾敏雄の妻ミホの評伝を仕上げた。執筆に十一年間をかけ、六百ページを超す長大な作は、両の掌にずしりと重い本『狂うひと』になって新潮社から出版された。

雑誌「新潮」からの依頼で、私はこの本を読み、昨年十二月に初対面の梯さんと対談した。こんなねばりのある仕事をする人とは信じられないほど爽やかな女性だった。

島尾の文学的名声をきずいた作品『死の棘』（一九七七年）は、妻ミホの狂うほど尋常でない嫉妬心からおこる夫婦げんかの一部始終である。ミホの嫉妬は異常を通りこして、ついには夫の島尾を介護人として二人で精神科病院に入らねばならぬほど強烈なものであった。島尾の日記に妻以外の女との情事を書いたものを、ミホが見たことから、それは発生した。日記は島尾の仕事机の上に、開いたままで置かれていた。

ミホは、日記の中にあった十七文字を読んだ瞬間「けもの」になったと告白している。ウオーッという獣そのままの声をあげ、四つん這いになって、座敷を駆け回ったとある。

梯さんがミホ伝を書きたくて、島尾が亡くなって二十年近くもたってからミホを訪ねた時、ミホは快く書くことを許し、取材にも好意的で、積極的に応じてくれたという。しかし、四回、取材が重ねられた時、突然、取材はこれきりだと断り、伝記を書くことも許さなくなった。それまでは、島尾と自分のことを「私たち夫婦は一心同体です」と自慢しながら、積極的にしゃべっていたので、梯さんは突然の拒絶に驚かされたという。

梯さんと私は、ミホがそれを見て突然「けもの」になったという島尾の日記の中の十七文字とは、何という文章だったのだろうと話しあった。二人とも、それにこだわりながら、結局その十七文字はわからなかった。それでも私は不倫の相手の性の喜び方とか、性器の賛美とかではないかと臆測した。その日記を見た後、ミホがしきりに、女の性の喜び方について、島尾にしつこく聞いている。ミホの嫉妬は、普通の女のありふれた感情だが、その追及の執拗さが異常だった。

『狂うひと』によれば、ミホは島尾の原稿をすべて清書していて、その過程において、自分の意見で文章を削らせたり、書きこませたりしていたとか。つまり、夫の作品は自分との合作だったと、ミホは言いたかったのだろう。『狂うひと』があまり面白かったので、『死の棘』も、この際、じっくり読み直した。やはり凄い傑作だと改めて感銘した。

『狂うひと』では、ミホは自分も作家になるつもりで、島尾と張り合っていたとあるが、残されたミホの作品では、とても島尾の足もとにも及ばない才能だと私は思った。島尾の日記はずっと書きつづけられていて、小説の下書きのような役目をしていたと梯さんは書かれている。

私は長い作家生活の中で、伝記物も多く書いてきたので、その人物の日記も手に入る限り読んできた。その結果として、小説家の日記は嘘が多く、信用できないと思っている。つまり、彼らはすべて、いつか自分の日記を人が読むであろうことを予想し、期待している。才能のある作家ほど、日記もまた創作になっている。伝記の資料としては、信じ難いものが多い。ミホの死後、梯さんは、遺族の長男伸三氏に面会し、ミホの伝記を書くことを請い、許された。「きれいごとにはしないでくれ」という条件だった。島尾夫妻は、文学作品に負けない長男を残した。

（二〇一七年一月十三日）

流れる時

季節の歩みにつれて、正確に、確実に、その折々にふさわしく、表情を変える寂庵の庭をながめていると、日ごとに深まっていくわが老衰の鬱陶しさも、つい忘れがちになる。ここへ住みついてから、余程この土地との相性がよかったのか、それまでの気ままな放浪癖がいつの間にやら収まっていて、今年で四十三回目の春を迎えようとしている。

当時は寂庵の周りは田畠に囲まれていて、どの田畠にも夏になると蛍が無数に飛び舞っていた。寂庵の庭に立つと、はるか彼方に東山連峰や比叡山が今とは違って見えた。陽も月も東山から昇り、京都の町を渡って嵯峨野《さがの》に達し、寂庵の真上を通って小倉山に沈む。私は寂庵の奥座敷に月見台のつもりの広縁を付けて、ひとりで嵯峨の月を堪能してきた。

平安の昔は、このあたりは死体捨て場だったということだが、貴族の別荘地でもあった。嵯峨に今、残っている大きな寺院は、その昔の貴族の別荘の跡なのだ。

私が嵯峨に住みついた頃は、京都の市中より、四、五度は気温が低かった。そのせいもあってか、冬になると、決まって早々と雪が降った。雪は必ず積もり、水道が凍って水が出なくなったりする不便もあったが、軒いっぱいに下がるつららのなつかしさは格別のものだった。

それがいつの間にか気温が上がりっぱなしになり、冬でもめったに雪を見なくなってしまった。東京のカメラマンから、雪が降ったらすぐ電話で教えてくれと頼まれて、何度か知らせたが、彼が新幹線で駆けつける間に、雪はとっくに降りやんでしまっていた。

暖冬がつづき、四季の温度も上がりっぱなしで、どうやら京都も亜熱帯になるのかと思われる今日この頃、いつの間にやら九十四歳にもなってしまった私は、日々老衰が進み、体の節々が痛み、背も丸くなり、身の丈も若い時から見ると十センチ以上も縮んでしまった。

花が咲いても、雪が降っても、ああ、これが見納めかと毎度、心の奥がしんとなる。

「あら、梅が三輪、咲いてますよ。ほら、ほら」

若いスタッフの弾んだ声に縁側から覗くと、たしかに白梅が二輪、紅梅が一輪、気恥ずかしそうにひっそり開いている。

「さあ、撒いて下さい」

渡された小籠に、いっぱいの豆。そういえば節分だった、と、無理に心を弾ませて、縁側から庭に向かって、声を張った。

「福は内！　鬼も内！」

「ええっ？」

私より六十六歳も若いスタッフたちが笑いだす。

「鬼なんて、いらない！」

「ここはトランプのアメリカとはちがうのよ、寂庵だもの、誰でも、何でもこばまない」

「わたしたちにも撒かせて」

娘たちも掌にいっぱい豆を握り、私の声に合わせた。

「福は内！　鬼も内！」

若い笑い声がはじけ、魑魅魍魎《ちみもうりよう》が喜々として駆け込んでくる気配がする。

（二〇一七年二月十日）

百まで生きてやろうか

二月十九日の寂庵での法話の日、私はいつものように立ったまま、一時間余り話をした。終わりになって最後の言葉は舌がもつれ、呂律《ろれつ》が回らなくなった。聴衆たちは気づかなかったらしく、満足した表情でさっさと帰って行く。そのうち右の足の親指が猛烈に痛くなった。痛くない左の足は、いつの間にか二倍にふくれ上がっている。

異常を感じた私はすぐ病院へかけつけた。

カテーテル検査の結果、両足とも、主な血管三本が、すべて詰まっていて、指先まで血が通っていないとのこと。このままでは、壊死《えし》になると脅かされた。医師は、

「心臓がもっと心配だ。一本の血管はすっかり詰まっているし、あとの二本もとても細くなって血が通りにくくなっている」

と言う。このままだと狭心症、急性心筋梗塞、心不全が起きる可能性が高いという。

「私はもう十分生きたから、心臓の手術までしたくありません」

と本音を告げても、医者は寝言を言うなという顔で相手にしてくれない。要するに九十四歳まで生きのびると、内臓はすべて疲れきって、ぼろぼろに近くなるということだろう。

その病院では心臓の手術のいい医師がいないからと、別の病院を紹介され移されてしまう。手術の名人と名の高いという医者が診てくれ、当然のようにその日から手術の準備がはじまった。私のひ孫のような若い可愛らしい看護師が、平然と私の下の毛を剃り落とし、尿管に管を入れる。すべてがはじめての経験である。何のためか、若い娘の指は、膣の中まで入ってくる。出家して以来四十四年間、そんなところを触ったことも触られたこともないので仰天する。

三月上旬、まずは足の血管を広げる手術を受けた。約二週間後の心臓の手術は二人の医者にされた。二時間余りかかったそうだが、自分では二十分くらいにしか感じていなかった。その後ICUで一晩とめておかれた。「経皮的冠動脈形成術」という非常に難しい手術だそうだが、受ける方は何ともない。術後は痛みも全くなくなった。その三日後には退院して、普通の生活に戻っている。あれやこれやで、今年に入って長いこと入院していたので、自分になかなか戻れない。足の痛みがなくなって、とぼとぼながら家の中は歩けるようになったのが何よりうれしい。まだ土の上は歩けていないが、それは日数の問題だろう。

病院で、ある日、突然昼寝から覚めた時、

「早く、早く書いておいて。〝この世も、あの世も無だ〟と書くのよ。今、それを聞かされたの」

と叫んで、秘書を驚かせた。確かにその声は今も胸に残っているが、退院して以来、私は病気以前と同じく、とても「無」とは思えない雑然としたこの世のニュースに、毎日、耳目を奪われている。友人はどしどし死んでゆくのに、なぜか私は死ねない。それだけ業が深いのだろう。こうなれば、いっそ、開き直って、七万人近くもいるという百歳まで、生きつづけて、書きつづけてやろうか。

（二〇一七年四月十三日）

天台寺晋山三十周年記念

今年五月十五日の誕生日で、私は満九十五歳になる。今から三十一年前の晩秋のことだった。突然、嵯峨野のわが寂庵に、見知らぬ紳士が二人訪れた。若いほうのにこやかな表情の人が名刺をさしだしながら、比叡山の長老の紹介で訪ねたという。その長老は、位の高い方で、日頃、私など口もきけない間柄だった。若い人は岩手県浄法寺町（現・二戸市浄法寺町）の山本均さんという町長で、少し年配の人が、その町の教育長の小向伊喜雄《いきお》さんだという。山本町長は三十六歳で就任した若い町長だった。

話は町の人々が尊崇している御山《おんやま》の天台寺の住職になって晋山《しんざん》してくれということだった。とんでもない話だと、即断り、二人を送り出して玄関を出た時、はっと気づいた。その日は私の得度記念日十一月十四日だったのだ。それを忘れるほど、当時私は書きに書いていたし、寂庵へ来る人々をつれて巡礼の旅に歩き回っていた。酒井雄哉《ゆうさい》・大阿闍《だいあじゃ》梨《り》の大回りにくっついて歩いたりもしていた。私の立ち止まった気配に気づいた山本町長が足を止めて、私を見つめる。

「今日、私の得度記念日だったのです」

「ほうら、ほうら、これが仏縁というものです」

一瞬、そうかもしれないと思ったのが私の負けで、とにかく、寺を一度訪ねてからとまで軟化してしまった。日本一の漆の産地の浄法寺町はもう雪に埋まってしまうので、来春来てくれという話に落ちつき、二人は引きあげて行った。

年が明けて三月の末、はじめて浄法寺町を訪れた時は、まだ町の道の両側には、はき寄せた雪がうずたかく残っていたし、天台寺のある御山は雪が深く、長靴を借りて登るしかなかった。

やっとたどりついた本堂は想像を絶した荒れようで、見るも無残だった。檀家は二十七軒。到底私ごときの手におえる寺ではない。断るしかないと、本堂を出て前の広場の中央に立った時、突然、私の全身は例えようもない清らかな霊気に包まれていた。その時、私はこの御山がたしかに霊山であることを確信させられた。身も心も洗われたようになり、収納庫の横の一木彫りの御本尊聖《しょう》観音様を拝んだ時は、思わずひれ伏した。

私はこの観音様に選ばれて、ここに呼び寄せられたのだと身震いしていた。

雪がとけた五月五日、私は晴れて第七十三世天台寺住職として華やかに晋山した。六十五歳の誕生日の直前のことだった。

晋山の決心が定まったのは、実は酒井大阿闍梨に秘かに相談に伺ったからであった。阿闍梨さんはその場で、私ひとりのために護摩を焚いて下さり、御自分が回峰行に持参された短刀「関の孫六」を手渡して下さった。

「あの御山は旧い山で魔物も多いから、眠る時は、枕元にこれを置きなさい。関の孫六がどんな魔物も追っぱらってくれるから」

押し頂いた名刀は、今も私を守ってくれているのに、私より四歳も若い阿闍梨さんは、さっさと極楽に旅立たれてしまわれた。早く私を呼んでほしい。（二〇一七年五月十一日）

幸せは自分で探す

ここ二、三年、病気で入退院することが多くなった。今年五月、満九十五歳になった私が老衰するのは当然である。

九十二歳から、急に入院が度重なってきたが、働き好きの私にとっては、何も仕事をしないで、ただベッドに横になっているだけの生活は、苦痛を通りこし、拷問に近い。そのうち、自分が病床生活で鬱になりかかっているのに気がついた。何とかして鬱病だけはさけなければと思い、その方法を必死になって考えつづけた。こんな時には、自分にとって少しでも楽しいこととは何か。書くことが出来ない以上、せめて自分の新しい本が出版されることだ。

しかし、もはや、原稿のすべては本になっており、連載中の長編は、病気で休載つづきである。当分新しい本はできそうにない。がっかりした瞬間、ひらめいたものがあった。あっ、ひとつ残っている。俳句なら本に出来る。
そう思いついた時、急にベッドから起き上がりたいくらい活力が湧いてきた。
まだ私が有髪の時だから半世紀以上も昔のことである。当時、人柄と文体に惹かれて、慕い寄り、仲よくしてもらっていた木山捷平氏につれられて、大きな料亭の二階に行った。大広間いっぱいに人々が机を前にして座り、句会が始まろうとしていた。木山さんは小説の他に詩人でもあったので、句作もされるのかと、私はその背後にちぢこまっていた。名前だけは知っているが会ったこともない文壇の名だたる人々が、写真通りの表情で集っていた。その豪勢さに圧倒されている私に、いきなり自己紹介の命令が下った。その会の宗匠は久保田万太郎氏であった。私は立ち上がり、
「木山捷平先生の弟子の瀬戸内晴美です」
と挨拶した。とたんにどっと会に笑いが湧きおこった。その笑いの意味がわからなかった。その日の最高点は、万太郎宗匠の、
門下にも門下のありし日永かな
であった。それが俳句との初縁で、その後、東京女子大の後輩の黒田杏子《ももこ》さんが俳句の宗匠になって句誌「藍生《あおい》」を創刊して、今や全国に弟子が何千人いるかわからない。

杏子さんに「あんず句会」の場所として最初に寂庵を貸した縁で、私もその末席に並んだものの、仕事が忙しい最中で、つづかなかった。杏子さんに俳句の手ほどきをしてもらったことになる。

俳句はつづけないから、今も一向に上達していない。私の書いて売れないものは俳句だけだ。その句集を自費出版で出すことにした。私の伝記を書いてくれた齋藤愼爾《しんじ》さんにすべて依頼した。その句集がもう四、五日で出来上がる。題は「ひとり」。何となく心が明るくなっている。幸せは他から与えられるものでなく、自分で探し発見し、生み出すものだと思う。

御山《おんやま》のひとりに深き花の闇

（二〇一七年六月八日）

ほおずき市から

今年も、東京の親しい永井良樹様、仁子様ご夫妻から、浅草寺のほおずき市（七月九、十日）の一鉢を御恵送頂いた。朝早く、浅草寺に出かけ、人出にまじって、あれこれと選び、それを手に提げて帰ってくる、今やよほどの粋人でなければつづかない買い物である。

市は結構人がこんでいて、粋な浴衣姿で客呼びをしている売り子の大きな声にうながされ、好みの鉢を念入りに選びだしている人もせり合っている。市にはつきものの、売り子の景気のいいかけ声も、毎年のことながらなつかしい。

七十七年も昔、東京女子大に入学して以来、私は毎年、ほおずき市に出かけていた。寝坊のくせに、その朝は、しっかり目覚ましをかけて早起きした。

それでも浅草につくと、もう市のあたりは人でいっぱいになっている。

買って帰ったほおずきが夏の朝、次第に色づいて真っ赤な実を包んだ時のうれしさは格別であった。

ほおずきの鉢にはびいどろの風鈴がおまけについていて、一夏中、窓際に吊るした風鈴からおだやかでやさしい音が聞こえるのは、まさに梵音《ぼんのん》と呼びたい爽やかな気持ちがする。

ほおずきの実をのみ込めば、大人は癪《しゃく》を断ち、子供はおなかの病気が治るといわれていたが、子供の私は専らほおずきの実をおもちゃにして遊んだ。見た目は愛らしいが、強く扱えばすぐこわれるもろさが尊いようで、掌にやさしく包み込んでいた感触を、今でもほのかに思いだすことができる。

西荻窪の下宿にいた頃、独り暮らしの家主の御隠居のきんさんは、浅草詣りに熱心で、功徳日には、雨が降ろうが風が吹こうが、必ず詣っていた。功徳日とは、その日詣れば、一日で百日分や四千日分の功徳が得られるというのであった。中でも七月十日は最大のもので、一日で四万六千日詣ったことになるといって、いそいそ出かけていた。「しまんろくせんにち」と早口に言ったきんさんの、歌うような口調がなつかしい。

この一年、私は大病しても必ずよみがえったのは、これらのほおずきの御利益だろうか。

寂庵も、岩手の天台寺も、御本尊は浅草寺と同じく聖観音さまである。これも不思議な仏縁であろうか。

（二〇一七年七月十三日）

最晩年の虹の輝き

ものを書くだけで食べてきて、六十五年が過ぎている。今、九十五歳にもなって、まだ書く仕事だけを生き甲斐にしている。そんな所業を未練がましくみっともないと思われているだろうと、たまには後ろめたい気もしないでもないが、人がどう思おうと勝手に思え、死期の近い私には、もうこれしか愉しみはないのだからと、開き直っている。

さすがに筆が遅くなって、はっきり言えば頭の回転が鈍ってきたらしく、三、四枚の原稿に終日費やすばかりか、十二、十三枚もの原稿となれば、つい、徹夜してしまう。徹夜そのものは辛くないが、その後の疲労のひどさは、八十代には想像もできなかったものだ。九十歳になってから病気がちになり、入退院を繰り返して以来、どっと全身が弱ってしまい、まだ土の上を一人では歩けない。

「ああ、つまらない。しんどい。なぜさっさと死なないんだろう」

つい、愚痴が出るのを聞くや否や、六十六歳も若い秘書が言う。

「死ぬものですか。そんなに食べて、呑んで、よく眠って！」

「前のように眠れないよ。昨夜だって夜中ずっと目が冴えて本読んでたもの」

「週刊誌三冊ですね。ベッドの横に落ちてましたよ」

「横になってばかりだから週刊誌が軽くて都合がいいのよ。よく食べてなんかいない。私はずっと二食だもの」

「毎朝、ベッドのサイドテーブルに、お酒の瓶が並んでるのはどうして？　おつまみのお皿も空でしたよ」

また昼寝しようと、ベッドに横になったら、枕の横に、開いたままの週刊誌が一冊残っている。「週刊朝日」の林真理子さんの「ゲストコレクション」の人気連載ページ。ゲストは岸惠子さん。惠子さんの笑顔の華やかな若々しさに、昨夜以上に改めて驚嘆する。

一九三二年生まれと紹介されているから、今年八十五歳、私と十歳しか違わない。信じられない若さだ。五十代にしか見えない。私は惠子さんが松竹の撮影所でたくさんの記者たちに囲まれていた女優になりたての時に、初めて会っている。その透明な美しさと愛らしさは、私の生涯にまたとは見なかった。この世にこんな美しい魅力的な人がいるだろうかと、口を開けて茫然と見惚れていた。

その後、結婚したフランスの映画監督イブ・シャンピさんと離婚した直後、京都の宿で、ブランデーを一瓶空けて、夜通しパリでの暮らしの辛かったことを聴いた。若いフランス人の左翼の美男弁護士を連れて寂庵に見えたこともあった。当時の恋人だったのだろうか。まめまめしく彼に尽くす恵子さんは、高名な女優というより、可憐な年上の愛人だった。

突然、小説『わりなき恋』(二〇一三年)が発表され、たちまちベストセラーになった。私は直木賞をとられるのではないかと思ったが、何の賞も得られなかった。七十近い女の恋とセックスが書かれた衝撃的な小説だった。素人の気配は全くなかった。少女の時から小説家になるつもりだった夢を、恵子さんはなしとげたのだった。次作の小説を近く発表するという。

何度見直しても若く美しくなった恵子さんの写真に、彼女の言う「人生の最晩年の虹の輝き」をしみじみ見ていた。

(二〇一七年八月十日)

山尾さん、孤独の出発に自信を

何気なくつけたテレビの画面いっぱいに、端正な美貌の女性が、涙のたまった両目をしっかりと見開き、正面を向いてしきりに言葉を発している。その表情がまれに見る美しさだったのと、しゃべる言葉がしっかりしているのに驚かされ、テレビから目が離せなくなってしまった。

当時、民進党の山尾志桜里《しおり》議員の正面を向いた顔が、ずっと映され、必死に涙をこらえた泣き顔の美しさに、思わずこちらも膝を正していた。はっきりした口調で語りつづける声や言葉は、乱れることなく、今にも崩れそうな表情より頼もしく、しっかりしていた。

発売されたばかりの「週刊文春」に、九歳下の弁護士との交際を不倫と発表され、問題になっていた。両方の家庭に配偶者と子供がいた。

「週刊文春」の記事は写真入りで、ほとんど連日逢い、男のマンションや、ホテルで、朝方まで過ごしたことが詳細に発表されていた。結局、その事件で党に混乱と迷惑をかけたので、その責任をとっておわびに離党するという意見だった。

とにかく頭のいい人だという印象が強かった。ホテルに二人で入ったことがあったのも、男は一人帰り、泊まったのは自分一人で男女の関係はないと言いわけしていた。そんなことは神のみぞ知るで、誰も当人の言いわけなど信じる者はいない。

九十五歳の私が、今頃思いだしても噴飯ものだが、今から六十年昔、私の三十五歳の時、東京・野方に下宿していて、ある日、野方の駅から電車で新宿まで出かけた。乗客の少ない電車の中で、座るなり目に入る天井からの吊り広告に目をやったら「ある奇妙な女流作家の生活と意見」という文字が目に飛びこんできた。

――誰のことだろう、気の毒に、何が書かれたのか――。私は好奇心を抱いて、新宿に電車が着くなり、売っている週刊誌の中から、名も通っていないその新しい週刊誌を買って、歩きながら開いてみた。いきなり、私の顔がページいっぱい大きく写されていたではないか。

あきれて記事を読んでみると、会ったこともない見知らぬライターが私の小説の端々をつぎあわせ、勝手な妄想を加えて、不倫の生活だとこと細かく報じてあるのだった。相手の実名も書いてある。私はあきれかえり、すぐさま公衆電話で、その会社に電話をし、キイキイ声で編集長を呼びだし、一度のインタビューもなく、いい加減なことを書くなと、どなりつけた。

相手はそんなことに慣れているらしく、インギン無礼に言葉をにごすだけで、結局どなりつづける私の方が疲れ切って、声も出なくなってしまった。その会社は半年もしないうちにつぶれてしまった。

その気持ちのよかったこと！

不倫も恋の一種である。恋は理性の外のもので、突然、雷のように天から降ってくる。雷を避けることはできない。当たったものが宿命である。

山尾さんはまだまだ若い。これからの人生をきっと新しく切り開いて見事な花を咲かせるだろう。それを九十五の私は、もう見られないのが残念。　（二〇一七年九月十四日）

稲垣足穂の机

今年は稲垣足穂の没後四十年にあたるそうだ。何かでそれを読んだ時、私はかつて書いた自作の『奇縁まんだら』をひっぱりだして、稲垣足穂のページを開いた。この本は私が生きている間に会って多かれ少なかれ縁を結んだ人々の思い出話を書き集めたもので、全四冊の、重い本になった。一人一人の肖像を、横尾忠則さんが、いきいきとした筆で描いてくれたのが傑作で、文章の力より、さし絵の魅力で、人気がいや増してきたと言ってもいい。

横尾さんは、足穂のすっ裸に赤い褌《ふんどし》をした正面の立ち姿を描いている。足穂の顔は悲しさにたえられないような悲痛な表情をしていて、裸のこっけいさと、顔の悲痛さが、あまりにもちぐはぐなのが、何とも言えない不条理を感じさせる。足穂のおよそ非現実的な人間味の不思議さを、横尾さんの絵は申し分なく捉えていた。横尾さんもただ者ではない天才画家なので、足穂の奇妙さの中にひそむ天才を見抜く力があるのだろう。

私が五十一歳で出家する前の年、折目博子さんという京都の作家から、足穂を紹介しようと言われた。折目さんは京大の作田啓一教授の夫人で、こつこつ小説を書いていた。色が白くよく太っていて、髪をおかっぱにし、派手な和服を着ているかと思うと、突然女学生のセーラー服で現れたりする相当変わった女性だった。彼女が生まれた時、岡本かの子はまだ生きていたにもかかわらず、自分ではかの子の生まれ変わりだと信じていて、自分の才能を認めない文壇はどうかしていると憤慨している。

彼女の親の郷里が同じ徳島という縁で、いつの間にかしげしげ遊びに来るようになっていた。彼女は、川端康成からもらった手紙を表装して額にいれ応接間にかかげている。彼女がある日、突然、自分は足穂の唯一の女弟子だとつぶやいたので、私はひっくりかえりそうになった。「先生は気むずかしくて人嫌いだけど、私はたった一人の女弟子として可愛がって下さるの。かの子の生まれ変わりというのも先生のご意見よ」。ますます驚きで声も出ない。

私を、博子さんは十日もしないうちに足穂の家につれていってくれた。伏見のお宅はどっしりした構えの明るい感じで、夫人の志代さんはひかえめで聡明そうなおだやかな方だった。昼前に訪れた無遠慮な中年女のあつかましさにもめげず、私たちの提げていったお酒をたちまち燗して手料理と共に出してくれる。足穂の天才を見こんで、仕事もなくなって呑んだくれていた足穂を自分の家に引き取り、ずっと養っていられるという。「お幸せですね」と思わず言うと、にこにこして「はい、この世でめぐり逢うために私たちは生まれてきたものですから」と微笑している。

たまたまその少し前、足穂は『少年愛の美学』で、かねて熱烈なファンだった三島由紀夫の後押しで、第一回日本文学大賞を受賞していた。夫人が賞金で立派な机を買ってくれたと言い、足穂は、それまで使っていた小学生の使うような小さな机を、私にその場でくれてしまった。夫人も「どうぞ、どうぞ」とすすめてくれるので、私はタクシーにつみこんでその机をもらってきてしまった。

今、それは徳島の県立文学書道館に大切に保管されている。

足穂が没したのは、一九七七（昭和五十二）年十月二十五日、享年まだ七十六歳であった。天才としては長く生きたと言うべきか。

（二〇一七年十月十二日）

生きてやろう

先日求龍堂から本が届いた。『片岡球子《たまこ》の言葉　精進ひとすじ』という題で、表紙は球子さんの代表連作になった「面構《つらがまえ》」の、徳川家康の肖像であった。

中身は球子さんの生前の魅力ある言葉を、対話やエッセイの中から集めたもので、中に私との長い対談「日本画ひとすじ」が入っている。

球子さんの絵のすばらしさを、出家する前に教えてもらったのは平林たい子さんからだった。

ある時、平林さんはなにかの話のついでに「娘（養女）が絵を習いたいと言いだしたので、私は片岡球子さんにお願いして弟子にしていただきました。今、女の絵描きで、日本一は球子さんですよ」。

平林さんの言葉はいつでも一語一語が自信と信念にあふれている。私はそれ以来、球子さんの絵を気をつけて見るようになり、たちまち、その筆力のたくましさと、自信に満ちた個性と、美しい色彩に魅入られてしまい、貯金をはたいて球子さんの富士の絵を買いこんで、書斎にかけて日夜共にいるようにしている。富士山と麓の田園のさりげないのどかな風景だが、仕事に疲れきった目でその絵を仰ぐと、たちまち活力がもどってくる不思議な力を持っている。若い時から努力家で、眠くなると、軒のつららを折って背中に入れ、眠気を覚まし勉強をつづけたという球子さんの熱情が、絵の底にこもっているからだろう。

現実の球子さんと対談の機会に恵まれたのは、一九八一（昭和五十六）年で、球子さん七十六歳、私は五十九歳の時であった。球子さんはきちんと和服を着こなして、年齢にしては濃い化粧をし、口紅が鮮やかだった。男性のような激しい筆致の絵を描く人とは思えない老女の色気さえ滲んでいた。子供の時からの許婚との婚約を三十歳で破棄してもらい、絵描きの道ひと筋に進んだ球子さんは、この日、昔別れたフィアンセのことを、ずっと想いつづけていると告白した。男性との情事は、その後一切ないという顔は爽やかだった。

淋しくないと言いきられたけれど、そんなはずはないと私は信じている。あの情熱的でいつでも体の芯が燃えているような激しい絵を描かれる球子さんの胸の中には、絵に対する情熱の火を絶やしたことのない火種が、ずっとあたためられているのだろう。

　個性がありすぎ十回も展覧会に落選しても、絵を描くのをやめようとはしなかった情熱の火種を探したら、本のあるページに、

「やっぱり、一生懸命という以外にないですね」

という一行があった。その一行が私のだらけた体をむちのように打ち据えた。体調がもう一つ戻らず、だらだらしている自分の体の芯に電気のようなものが走った。今夜死ぬか、明日死ぬかと、だらけている心身がきりりっとしてきた。

　球子さんは百三歳の二〇〇八（平成二十）年一月十六日に急性心不全で逝去している。おそらく泰然とした死に様だったことだろう。百三歳までに、私はまだ八年もある。あと一つくらい長編が書けるかも。私はどんな面構の死相で死ぬのだろうか。

（二〇一七年十一月九日）

二冊の書物の誕生について

あと二週間もすれば正月が来て、私は「数え年」で九十七歳になると言うと、秘書の瀬尾まなほが必ず高い声をあげて怒る。

「やめて下さい。あたしたちは数え年なんか知らないんですから。数え年なら、あたしは正月で三十一ということですか？　いやですよ、そんなの。今度の二月で、やっと三十になるんですよ。どの易者も言ってます。あたしは三十になると、縁談が余るように来て、いいことがいっぱい起こるんですって！」

「あなただけよ、私の手相を観る能力を信じないのは」

「だって先生の手相観は、あなたは性インランです、あなたはフリンをしてますね、の二つだけなんだもの」

「よく言うわね。今年中にいいことがあるって予言したことは忘れてるの？　見てごらん、この今のまなほの絶頂ぶり！」

と私の声まで疳《かん》高くなる。年齢差六十六歳のまなほは私の孫より若い。縁があって大学を卒業と同時に私の秘書になって以来、早くも七年の歳月が流れている。スレンダーで、のびのびした若さにあふれた体に、目鼻立ちの派手な美人なので、見ただけで、心が明るくなる。うちに来るまで、私の名前はぼんやり聞き覚えていたが、小説家とも尼僧とも知らなかった。要するに私に対しての予備知識が全くなかったのである。はじめて会った時、小説もほとんど読まないというので、私はその場で採用することに決めた。私の経験から文学少女は得てして、掃除や料理は下手だと決まっている。

まなほが来て間もなく、それまでいた五人ほどの女性たちが揃ってやめてしまった。これ以上、年とった私の世話になるのは気がひけるという理由だった。私は感動して、涙を流しながら、いつの間にかすっかり年をとった彼女たちを見送った。一番旧い人は、十六の時からうちへ来て、花嫁衣装でうちから出て、二人の子供に大学を卒業させている。夫婦は仲よく、誰からも信用されている。つづいて寂庵に勤めた娘たちもみんな幸せになっている。彼女たちも私と共に老けてきた。それぞれがまなほの手を握り、背を叩き、「庵主さんをよろしくね」と、出て行った。まなほが来て間もなく、「ここの人たちがセンセのことをマンジュウさんと呼ぶのは、センセがまんじゅうのような顔をしているからですか？」と聞いて、私を爆笑させたことを思いだした。

そのまなほが今度、初めての本を出版した。というより出版させていただいた。『おちゃめに100歳！　寂聴さん』（光文社）という題は出版社がつけた。つまり私の日常をまなほの目で見たエッセイである。たちまち人気を呼び、すぐ再版になり、テレビ、ラジオの取材に連日追い回されている。人気のもとは、文章が素直で、わかりやすく読みやすいのと、全ページに思わずふき出すユーモアがあふれているせいである。あっという間にまなほはインターネットでも「時の人」になった。

それに負けまいと張りきったわけではないけれど、私も『いのち』（講談社）という最後の（たぶん）長編小説を完結し出版した。まなほの幸運がうつったのか、『いのち』も早々と三刷になり、奇跡的に出足が速い。長い生涯の中で深い縁に結ばれた二人の女性の作家のことを詳しく書いた作品である。天才を恵まれたライバル同士の二人の愛憎の激しさを、力いっぱい書いた。

九十五歳のわが生涯の最後（？）の長編力作である。どうか更に広く読まれますように。

（二〇一七年十二月十四日）

朝日賞受賞騒ぎ

二〇一七（平成二十九）年の暮れ、朝日新聞社から一七年度の朝日賞を私にも下さるという通知があった。もう目の前に正月が迫っている。年と共に感動の鈍くなりつつある九十五歳の死にぞこない老婆の私は、曲がりかけている腰も抜かさんばかりに仰天した。

朝日賞は澤地久枝さんが〇八年度に受賞された時、お祝い人の一人として出席しているので、その盛大さは今でも、目にありありと思い浮かべることができる。広い舞台には金屏風がはりめぐらされ、受賞者はそこで、大きなトロフィーと賞金を受ける。その賞金が何と、五百万円というのである。せいぜい、百万〜二百万円が、日本の賞金の相場ではないだろうか。それだけでも羨ましいのが人情であろう。

私は自分よりうんと若い澤地さんや上野千鶴子さんがこの賞を受賞されたのを、心から祝福していた。二人とも優れた女性で、今も「おひとりさま」で、自分の信念を貫く生き方を示している。この優れた可愛い女性たちが、私の年まで生きのびたら、どういう時代が来ているのだろうか?

結婚したがらない有能な女性たちが増え、旧来の道徳のようなものをけちらし、結婚しないで子供を産み、自分の能力と責任で育てていく。そんな時代が来れば、家庭は当然なくなっていく。人の不倫で騒ぐこともなければ、嫁姑の仲の悪さで悩まされる亭主もいなくなる。

男はひたすら自分の能力をみがき、魅力をいや増す教養を身につければ、女に不自由はしない。個人の生活が快適なら、よその国と戦争などしようとは思わないだろう。

この賞の決定は、元旦の新聞に発表するので、それまでは口外しないでくれという話だったが、嬉しくてたまらない超おしゃべりの私は、どうがまんしても、黙っていられず、

「あのね、これ、ぜったい秘密よ。元旦までは内緒にしてね。私、朝日賞もらうのよ」

と、人に会えば言いたくなるし、閑が出来れば電話をかけまくりたくなる。近頃とみに貫禄をつけてきた六十六歳も私より若い秘書が、その都度飛んできて、私を叱る。

「またっ！　何度言ったらわかるんですか？　朝日の人が言ったでしょう。元旦まではナイショにしてほしいって！　そんなに誰にでもしゃべって、どうするんです」

「だって。ぜったい他言しないような相手にしかしゃべってないじゃないの」

「おしゃべりのセンセのお友だちだもの、皆さん超おしゃべりですよ」

「へん。あんたなんか、賞なんてまだ一つももらってないから、そんなこと言うのよ。私なんかもう片手の指で数えきれないほど、賞もらってたって、やっぱり、その度、舞い上がるほど嬉しいのよ。文化勲章くれた時は、誰もいない所でとんぼ返りを十遍したら、腰をねじって、あんまにかかって大騒ぎよ」

「それって、いくつの年ですか」

「ええと、たしか八十四よ」

「それから十年もたってるのに、ちっとも成長してない。朝日賞の選考委員に言いつけてやろうかな」

何をっ！と、彼女にいどみかかった私は、もろにそこに片手で倒されていた。


（二〇一八年一月十一日）

みんな先に逝く

野中広務さんがどうも御病気らしい。どこの病院に入院していらっしゃるのか知りたいと、ひとりであせっていたのが昨年末からであった。私は長い文筆生活の中で、選挙に出ろと、ほとんどの政党から度々、声をかけられたが、それだけは、がんとして一度も心を動かしたことなく断り通してきた。それでも長生きしたせいで、政治家と対談したり、テレビに一緒に出演したりして、親しくなった人も少なくない。

政界を引退されていた野中さんとは、私の行きつけの和食屋「天ぷら松」を、野中さんが私よりずっと前からの御ひいきの店だったので、そこで顔をあわせて挨拶するようになった。私は一階のスタンドの隅を定席としていて、野中さんは二階の椅子席と決まっていたので、一緒に盃を合わせたことはなかったが、お互い目が合えば、やあと、手をあげて笑顔で挨拶を交わしていた。そのうち、野中さんが主役のテレビ番組に時々呼ばれるようになり、親しさを増していった。いつでも野中さんは紳士的な言動で、すっきりしていた。

しばらくしてニュースキャスターとして一世を風靡《ふうび》した筑紫哲也さんが京都に住むようになった。自分の番組のテレビの中で、肺がんであると公表して、人気テレビ番組も休業していた。

筑紫さんとは度々彼の番組に呼ばれたり、芝居や音楽会で偶然会ったり、筑紫さんの故郷の大分県の日田市へ講演に招かれたりして、聡明で魅力的な房子夫人とも仲よくなっていた。京都に住むようになった筑紫さんは髪を剃り、毛糸の帽子をかぶるようになっていたが、顔色はよく、口調も健康当時のままだった。

そんなある日、突然野中さんから筑紫さんと私の二人が、天ぷら松の小室に招待された。三人でいっぱいになる部屋に落ち着いた瞬間、涙ぐんだ表情になった野中さんが、乾杯の盃を置くと、いきなり、自分の身の上を語りだした。私たちは大方のことは知っていたが、野中さん自身の口から、小学五年の時、親友の母から、出自についてののしられた経験を聞かされて、身を固くしてしまった。

「私は彼女の言っていることがよくわからず、家に帰って父親に言われたことを告げ、何のことかと聞きました。その時、父が、実に学術的にそのことをきちんと話してくれたのです。私ははじめて、事の次第を理解すると同時に、それまで抱いていた未来へのすべての夢や希望を自分から打ちくだいてしまったのです。大学へゆくことも学問をつづけることも、すべての希望を捨ててしまったのです。官房長官や自民党幹事長になりましたが、この私が首相になるなど、この国であり得るはずがない。二〇〇パーセントの割合で、私は首相になどなり得ませんでした」

毛糸の帽子をかぶった筑紫さんの頭が垂れていた。その日から野中さんと筑紫さんは少しの時間も会うようにしていた。二人で散歩をしたり、寺の庭に座りこんで話したり、呑みに行ったり。誘われても、とても私のつきあえる頻度ではなかった。

筑紫さんは二〇〇八（平成二十）年十一月七日に亡くなった。まだ七十三歳の惜しい命だった。そして、野中さんも九十二歳で亡くなってしまった。

最近私が老衰で病気になる度、野中さんは必ず病院へ見舞って下さったのに、私はついに野中さんの入院中の病院さえ、つきとめ得ないままお別れも出来なかった。今頃筑紫さんと二人で朝早くから浄土を歩きながら、寂聴もそろそろ呼んでやらなければなどと話しあっていることだろう。

（二〇一八年二月八日）

寂庵の墓

　毎年、これが最後かなと胸のうちに思いながらお雛さまを飾っている。雛祭りが終わるとさっさとしまわないと、娘がいたらその婚期が遅れるとの言いならわしがある。今、寂庵にはまさに適齢期の娘が二人勤めてくれているので、惜しがりながらも三月五日すぎには雛壇を片づけてしまう。

　今年の冬は格別寒かったが、まんさくが冷たい空気の中にいち早く咲いて、寒々した庭に灯をともしたように日に日に明るく輝きを増し、まるで寂庵のイルミネーションのようだと喜んでいたら、雛祭りの頃には、白梅、紅梅、黒梅といっせいに花を開き、風までほんのり暖かくなっている。風には沈丁花の匂いもする。

　五百坪のがらんどうの造成地に寂庵を建てた時から、もう四十三年もの歳月が過ぎている。庵が建った時は木一本なくて、庵開きの日には、ドッグレースが出来そうな庭だと、お客たちと笑ったのを思いだす。お祝いをくれるなら、お好きな木を一本下さいと願ったら、みなさんが一本ずつ、手に提げてきて下さり、ご自分で好きな場所に植えていってくれた。その木々がみんな今や大木になり、森のようになっている。まわりは広々と畠に囲まれ、庵の座敷から遠い東山連峰が望めたのに、今では庵のまわりに家がびっしり建ってしまって、嵯峨野の趣がすっかり変わってしまった。

それでも寂庵の門の中は別世界のように静謐《せいひつ》が保たれている。木々を提げて植えていって下さった方々は、大かたあの世に旅立ってしまわれたが、植えて下さった木々は、年と共に育ち、季節ごとにそれぞれの花を咲かせて、持参者のなつかしい顔を思いださせてくれる。

この間、細川護熙さんの五輪塔を写真で見たら、あんまり好ましいので買ってしまった。久しぶりでご夫婦で訪ねてくれた横尾忠則さんに見てもらったら、たちまちその置き場所を寂庵の庭に選び、それを中心に据えた墓所の設計図をすらすらと描いてくれた。

「ここからここまでは、新しい苔か、白い小石で埋めて、この木の根はそのまま這わしておくのよ」

横尾さんは、すっかり五輪塔が気にいって、私の墓の設計をしてくれる。

私の墓は、岩手の天台寺に二百造った天下一安い墓のうちの一つを用意しているが、まだ何も石に彫りこんでない。

ましてや、死んだら寂庵をどうするか何の案もないのに、墓所の形にしてしまったら、何やら心が落ち着いてきた。

五輪塔の横に置く墓石を探す楽しみが増えたようだ。その石の表には、私の俳句を彫ることにしよう。

今月、全く思いがけなく、九十五歳で自費出版したはじめての句集『ひとり』で、星野立子賞をいただくことになったので、お墓の石に句をひとつ刻んでもいいかな、いや厚かましいかな、やめるべきかな、何だか愉しく迷っている。

横尾さんも細川さんも、とても若々しく見えるけれど、もう八十歳を迎えている。芸術家は死ぬまで心は青春だ。しかも二人は天才だ。天才は頭の構造がちょっとおかしい。そこが私には何より魅力に感じられる。人生の財産で最大のものは、よき友である。

（二〇一八年三月八日）

花祭り

花祭りは、これが最後かなと心ひそかに思いながら迎えたのは、去年だった。いや、一昨年の花祭りもたしかそう思った。

なぜか、二月は病気をして、四月八日の花祭りの前に退院しているのが、年中行事のようになっていた。それも当然、私はすでに今年は九十五歳になっている。来月には満九十六歳である。脚は大根のようにはれ、腰は弓なりに曲がってきた。人前ではせいぜい気取っているので、誰もが、「お元気ですね。百まで大丈夫！」と言ってくれるが、元気など昔、昔の夢で、れっきとした老衰ばばあである。

花祭りは、お釈迦さまの誕生日ということになっていて、お寺ではお祝いの行事をする。二千五百年前の誕生日など、どうして割り出せたのだろう。私は『釈迦』という小説も書いていて、その時、あれこれしらべてみたが、確たる証拠など、出てこなかった。

ただ、亡くなる時お釈迦さまは腹くだしの病気で、ほとんど寝こんでいたのに、最後の旅を思い立たれ、侍者のアーナンダを伴って北へ向かって旅をされている。北方にお釈迦さまの故郷があったから、そこへ向かわれたという説もあるが、亡ぼされてなくなったふるさとへ行って死にたいなどセンチメンタルなことを考えられるだろうか。昔も今も、ふるさとは遠きにありて想うものであろう。

旅の途中で、かじやのチュンダに請われて、その布施の料理を召し上がった。それから更に病気が重くなり、死を早めたと仏伝にはある。おそらく御病気は大腸がんだったのだろう。お釈迦さまは自分の死後、チュンダの布施の食事のせいだとチュンダが人々から非難されることを心配され、

「私がこれまで受けてきた布施の中でチュンダの食事が最高であった」

と言い残され、チュンダをかばっていらっしゃる。チュンダの食事の中の肉が腐っていたとか、毒茸がまぎれこんでいたとかの説もあるが、二千五百年も前のことだ。何の証拠もない。定命が尽きて亡くなられたのであろう。

釈迦伝によれば、ルンビニーの園で御誕生になったお釈迦さまは、立って四方に歩まれ、右手で天を、左手で地を指し、「天上天下唯我独尊」と言われたと伝えられている。

「天にも地にも我一人が尊い」と伝わっていたが、私はさんざん考えた末、

「天にも地にも自分の命はただ一つで尊い」

と解釈した。他の人の命も、ただ一つである。従って「その命を殺してはならない、殺させてはならない」というのが仏教の根本思想だと信じている。

お釈迦さまがお生まれになった時、それを祝福して天からは甘露と華がふりそそいだという。今、寺々ではそれにならって花御堂の屋根を花で飾り、盆の中に誕生仏を置き、人々に甘茶をそそいでもらっている。甘茶は東北の二戸のあたりのものが一番美味しいというので、寂庵ではそれを取り寄せ、花祭りに来てくれる人にふるまい、誕生仏にそそいでもらっている。さあ、来年の花祭りを私は果して行えるだろうか。

（二〇一八年四月十二日）

天才の秘書

私が岡本かの子の伝記を「婦人画報」に「かの子撩乱《りょうらん》」と題して連載することになったのは一九六二（昭和三十七）年であった。そのため、私は初めて岡本太郎氏に近づき、その許可を得た。その時すでに太郎氏の許には、平野敏子という優秀な秘書がいた。

彼女は私と同じ東京女子大の三年ほど後の卒業生で、学生時代から頭がずば抜けていいと評判されていたという。太郎氏とは逢った瞬間から縁が出来、太郎氏はそれまでいた美人秘書の代りに敏子さんを採用したという。敏子さんはスタイルのいい髪の長い人だったが、所謂《いわゆる》美人らしくはなかった。親しくなったある日、敏子さんの鼻の下に、男のように黒いひげがうっすら生えているのを見つけた私が、注意すると、

「太郎先生が、きみは平凡な顔だから口ひげでもはやしてみたらと、おっしゃったのでこうしているの。おかしい？」

という。太郎さんに突然湧き出る思想や美術のアイディアを、敏子さんはたちまち筆記してゆく。それをまとめたものが次々太郎さんの書物として出版されていった。青山の太郎さんのアトリエでは、半裸体で大きなキャンバスに飛びかかる太郎さんの背後から敏子さんが、「センセ！　そこ紫を少し」とか「緑を薄く」とか声をかける。半ズボンをはくと子供のように見える太郎さんは、言われた通りキャンバスに飛びついて絵具をおっつける。何から何まで合作で出来上がる二人は、まるで一つの人格のようであった。私はたちまち、二人の仲はただの関係ではなく、身も心も一つになった恋人というより、夫婦のようなものだと理解した。

青山のその家の庭がアトリエになって、いつも若い青年たちが群れていて、大阪万博に出す作品を造っていた。台所や清掃は、よしえさんというしっかりしたもっと若い女性が取りしきっていた。どれほどそんな日がつづいたか。ある日突然、太郎さんが私に、「そろそろきみ、うちへ来て暮らせば？　平野くんが忙しくて大変なんだよ。幸い、きみは文章も書けるし、助けてやってくれよ」と言う。私はびっくりして、ようやく作家になれたばかりだから、太郎氏の秘書になるのは厭だと断った。太郎さんは顔を真っ赤にして、

「きみはバカだ。下手な小説書くより、天下の天才の岡本太郎の秘書として、その才能の開花を手伝う方が、女としてずっと幸せなのがわからないのか！」

と、どなりつけた。それでも私は断りつづけた。その時すでに、いつも和服の私のために、太郎さんは二階に、四帖半とか六帖の畳の部屋を造っていたというのである。思いがけない速さで天才らしく早逝した太郎さんのお葬式の晩、異様に興奮した敏子さんが、「バカね、瀬戸内さん！　あの時来ればよかったのに。畳の部屋はあの時造ったまま、二階にあるのよ。行ってみる？」と言う。私は愕《おどろ》いたが、場所がらその気にはならなかった。

パーキンソン病から時々認知症のような状態も起こすようになった太郎さんを見守りつづけた敏子さんが、

「もう疲れた！　お願い！　先生を寂庵へつれてって！」

と泣いたこともあった。太郎さんの亡きあと、すべての後始末をして、敏子さんは青山の家の浴槽の中で、ある朝遺体となって発見されている。ほどなく私もあの世で、なつかしい二人に「遅かったわね」と、迎えられるような気がする。（二〇一八年五月十日）

大才を支えた大器

石牟礼道子さんが、この世から旅立たれて、はやくも四ヵ月が過ぎ去った。それ以来、道子さんを惜しむ追悼文が、あらゆる新聞の朝刊、夕刊を埋めていた。数あるそれらの追悼記事を、片っ端からむさぼり読んでは、私はその都度涙を流し、息をつまらせてしゃくりあげていた。

生きているうちもう一度故人に逢いたかったとは思わなかった。石牟礼道子さんは、私の記憶の中では、他の人にはない清純で透明な感じのする美しい女人だった。いつでもはにかんだような微笑を浮かべて人に対していた。子供が甘ったれた子供弁をそのまま残して大人になったようなあどけなさのある口調で、静かに話をした。

向かいあっていても、魂はどこか遠い虹を渡っているかのような、非現実的な表情をのぞかせていた。柔らかな微笑をたたえたおだやかな表情は、あくまでやさしく、水俣病事件に自ら飛びこんで、身を挺して闘争するような情熱を秘めているなど想像も出来なかった。初めて逢った人々は、美しい人、やさしい人という印象を受けるにちがいなかった。一見弱々しく見えるけれど、大正十一（一九二二）年生まれの私より五歳若く、九十歳で亡くなった道子さんは、年相応に老けてきた。

九十歳すぎても女性への情熱を消していなかった故荒畑寒村氏が、一目惚れして、

「あんな美しい人はいない。あんな聡明な女人はいない」

と、私に興奮した口調で、何度もくり返したことを思いだす。自分が九十六まで生きのびてみっともない山姥のようにふけても、自分の目に映るものは、すべて美しいものがいいと願う横着者の私は、あの愛らしい道子さんの面影を抱いたまま死んでゆきたいのだ。

読みきれないほどの追悼文を集めた特集記事の中で、最も見事で心打たれたものは、黒田杏子さんの主宰する俳誌「藍生」の特集であった。中でも圧巻は渡辺京二氏の文章「カワイソウニ」である。渡辺さんは知る人ぞ知る、石牟礼道子さんの傍らにあり、五十年もの長い歳月を唯彼女ひとりに全面奉仕をしつづけ、原稿清書、雑務処理、掃除、片づけから食事の面倒までみつづけてきたという。しかもその半世紀の間、ちゃんと彼

自身の家族を養い、自分の本も書いている。

「故人に捧げし一生という訳ではなかったのです」

といいながら、亡き人の偉大な才能に感動しただけでなく、彼女の書くという仕事が人類の大変な使命を担った詩人だからこそ手伝ったとは言いきれないと述懐する。

「私は故人のうちに、この世に生まれてイヤだ、さびしいとグズり泣きしている女の子、あまりに強烈な自我に恵まれたゆえに、常にまわりと葛藤せざるをえない女の子を認め、カワイソウニとずっと思っておりました。カワイソウニと思えばこそ、庇ってあげたかったのでした」

と述懐している。この国の昔の人の間には「カワイソウだた惚れたってことよ」とわかり易い俗諺がまかり通っている。今、生きる目的を不意に奪われて、渡辺さんは茫然としていると素直に述懐している。道子さんも稀なる大才だったが、渡辺さんも道子さんに劣らない大器の人物である。


（二〇一八年六月十四日）

終の棲家

京は奥嵯峨の、鳥居大文字の真下の畠の隅に暮らすようになって、すでに四十三年の歳月が流れている。五十一歳で出家して、晴美という父がつけてくれた俗名から、法名の寂聴を、法師の今東光師にいただいたのにも、まだ馴れない頃であった。

その頃、すでに住居は京都に移していたが、町の中の家だったので、尼僧にふさわしい庵を造る閑静な地に移りたいと願っていた。ところが人口が急に増えた京都では、閑静そのものだった嵯峨野のあたりも、マンションなどがいくつも建ち、自家用車が忙しそうに往来するようになっていた。

ひっそり、こぢんまりした空家など全くない。あきらめて、大原でも探そうかと思っていた頃、ひょっこり、畠の中に造成地が見つかった。まだ石がごろごろ残っているような土地は、木一本なく土の匂いがむんむんしている。奥嵯峨の鳥居本仏餉田町《とりいもとぶっしょうでんちょう》という地名である。

仏餉田とは、仏にそなえる米飯を作る田のことなので、縁もありそうである。まわりは畠ばかりで人かげもない。地代がまた気味の悪いくらい安い。ところが造成地は千坪で、千坪まとめて買えと言って引かない。私は三十坪でもいいくらいなので、話がまとまらない。銀行が入ってきて、千坪買えと言う。いくらお金を貸してくれても、私はすでに五十を過ぎていたので、とても借金を払えるまで命が持つ筈がない。どういうわけか、銀行が話をつけ、五百坪を私が銀行の金で買うはめになってしまった。そこに建てた寂庵に、私は四十三年も住みついている。

移り気で年の数ほど引っ越しをしたと笑い話にされていたのに、こんなに長く住みついて、どうやらここで私は命を終えそうである。今では、ここが、私の終《つい》の棲家になり、ここで命の終わりを迎えそうである。住んでみると、閑静で時たま、近所の寺の托鉢の僧の声が聞こえるくらいで、浮世離れがしている。

草一本なかったわが寂庵も、訪う人が手に手に提げてきてくれた木々が育ち、今では深い森の中に住んでいるようである。季節ごとに咲く花も紅葉も、寂庵が嵯峨一と喜んでいる。写経や法話に、全国から集ってくれる人々も、二代目の人が多くなってきた。

毎朝一時間も歩いていた脚腰もさすがに弱ってきて、九十六にもなった今では、背丈も縮み、歩幅も短くなったものの、まだ仕事がつづけられるほど元気である。

半世紀近くも住んでいる間に、大雨や川の増水で、避難命令が出たことが何度かあった。その一度は、つい一週間ほど前に大雨になり、避難命令が出たが、私は肚を決め、法衣だけは着がえ、横になっていたら、グースカ眠ってしまった。スタッフが朝やってきて呆れかえっていたが、歩くのも元のようにしっかりして、まだ、二、三年は死にそうもない。

数年前までは、こうした天災のある度、即、あり金をかき集め被災地へ駆けつけ、見舞ったものだが、老いぼれた今では、もうその力もない。こんなに老いぼれてまで、なぜ、まだ仕事をするのかと、よく訊かれるが、人間死ぬまで好きなことをつづけてなぜ悪いと、私は頭をしっかりあげている。

（二〇一八年七月十二日）

遺言

近頃、「早く遺言を書け」と言われる。大正十一（一九二二）年五月十五日生まれの私は現在、満九十六歳だ。今年もすぐ盆だし、たちまち新年を迎える。その正月で私は数え年九十八歳の、れっきとした婆さんになる。

そうつぶやいていると、私より六十六歳若い秘書のまなほは、「また！　その数え年っていうのはきらい！　満だ、数えだなんてほんとのお婆さんの言うことですよ。私たち世代には死語」と、文句を言う。

「あなたに言ってるわけじゃない。自分で感嘆してつぶやいているのだから。はいっ！私はもうすぐ数え九十八歳。たちまち百歳……でも、若く見えるって言われるわよ」

「テレビの時、あたしがつきっきりで、メイクさんに注文を出してるからじゃないですか。つけまつげはもっと長いのをとか、鼻が低いから、鼻の両脇にもっとシャドウをいれてくれとか……」

「うるさい小姑だと、メイク室の評判になってるわよ」

「誰のせいですか？　でも近頃テレビ観てくれた皆さんが、寂聴さん、すっかり若返ったと評判ですよ、やっぱり若いまなほと暮らしてるせいねって」

「こんな話になると、宇野千代さんの九十八歳の死顔の美しさを思い出すわね。マンションの畳の上に厚いふとんを敷いて行儀よく寝かされていたけれど、それはもう輝くように美しかった。枕元に女優の山本陽子さんが喪服で正座してたけど、あの美人で通った山本陽子の喪服の顔より宇野さんの死顔が美しかった。結局、宇野さんて心根がきれいだったんでしょうね」

「じゃ、先生は大変だ。心根がよくないから、もっと死化粧の上手な人を探しておかなくちゃ」

「宇野さんは九十五あたりまで小説書かれていたのよ。そのうち、『あたし何だか死なないような気がしてきた』とおっしゃって、それから程なく亡くなられた。長生きしたら秋の木の葉がはらりと落ちるように、苦しまずに死ねるから、長生きしたいと、常々いってらした」

「この頃よく宇野さんの話なさいますね」

「近くに呼びに来てくれてるのかも……」

「宇野さんの遺言は発表されましたか」

「聞いたことない。でも最期までお世話した秘書の藤江淳子《ふじえあつこ》さんへの遺言はされたでしょうね。養女にとおっしゃったのを断ったそうよ。清廉潔白な方だから、先生の財産めあてだと言われるのが厭だったようね」

「そうそう、近頃、あたしのこと、世間で何て呼んでるかご存じ？」

「知らない」

「コバンザメですって」

「どういうこと？」

「先生の財産ねらってしがみついてるんですって」

「誰が？」

「やあだ！　ほんとにボケが始まりましたね。あたしに決まってるじゃない」

「まなほは、そんな人間じゃないよ」

「ありがとう！　だから早く遺言書いて下さいよ。あたしが邪魔してるように思われますからね」

「そうきくと、益々書くの厭になった！」

私とまなほは一緒に笑ってしまった。ペン一本で何万枚書いたところでしれている。大騒ぎするほどお金が残る筈なんてない。でも……「遺言」という題のショートショート書いてみようかな。


（二〇一八年八月九日）

二百十日に始まる

私の子供の頃、といっても、現在満九十六歳の私からでは、大方九十年も大昔のことになる。七歳の春を迎えた私は、家から子供の足で歩いて四分くらいに位置する徳島市の新町尋常小学校に入学した。眉山の山懐にある学校は平屋造りで、池のある中庭を教室が取り囲んでいる古風な造りであった。男女は別クラスだった。

休み時間は一つしかない広い校庭で遊んだが、男の子と女の子がけんかすることもなかった。何もかも新しい経験で毎日がお祭りのような気分のうちに一学期が終わった。長い一ヵ月の夏休みは宿題に追われたが、それも楽しく、無事なしとげた上で、いよいよ明日から学校に行けると、はりきっていた。

その晩、枕元に母が、かっぽと雨傘を置いた。私は目を丸くして、「どして？　こんなものがいるん？」と訊いた。母は顔色もかえず、「明日は二百十日で、どうやら雨らしいよ」と言った。二百十日の説明をしてくれたが、私には理解出来なかった。毎年、その日はしけ（台風）になると母は言う。去年も一昨年もしけだったと言う。私はさっぱり思い出せなかった。

そして翌朝、母の予言は適中して、目がさめたら、もう雨が降っていた。

それからは毎年のように、新学期の九月一日前後に台風がやってきた。学校では授業が切りあげられ、生徒たちはそそくさと帰り支度をはじめ、早引けの用意をする。新学期に登校することの嬉しさは、毎年変わらなかったが、その日、早引けになり、必ず授業が中止になる嬉しさは、声をあげたいくらいだった。

大人になって、九月一日、二百十日などすっかり忘れていても、台風という声を聞くと、反射的に昔日の二百十日が思いだされてくるのだった。故郷の徳島は、気候温順で、梅雨に雨が降りこめるくらいで、冬も雪などほとんど見ることがなかった。今、思い返しても台風の被害で困りきった記憶もない。

戦後の一時期は台風に外国女性の名前がつくようになった。キティ台風などは、珍しかったせいか、物忘れのひどくなった今でも覚えている。

台風はなぜか間夫のように夜なかにやってくる。昨今では情報過多なので、我々は、台風の来る前日あたりから、テレビでそれを予告されている。危険な時々、早々と避難勧告がある。

最近、私もその声を二度ほど聞いたが、応じなかった。この執拗なわが生命は、この世に見苦しくしがみついている感じで、私の美意識に反することおびただしい。何とか、もういい加減にこの世におさらばできないものかと、真実思い悩んでいる。いつそれを洩らしたか、寂庵の若いスタッフが鬼の首でもとったように勢いづき、

「あ、ついに夜ひとりでいるのが、こわくなったわけですね。私たちが毎晩、一人ずつ泊まってあげますから安心して。それにしても少し書斎を片づけたら……」

と言う。とんでもない。実はもう、眠れない夜の間に、会心の辞世の句も出来てるんだから。ああ、教えてやらないとも。テレビがまた、北海道の新しい地震を伝えている。

（二〇一八年九月十三日）

老いのケジメ

地球がヒステリーを起こしたような気候不順の日がつづき、台風がこれでもか、これでもかと押し寄せてくるうち、はや秋の空が顔を見せはじめた。何と十月もなかば近くになっている。ああ、もうすぐ、今年も終わるとあわてている。

この正月で昔風なら私は九十八になる。まさか、こんなに長生きするとは……。ただし、肉体は正直なもので、歳月と共に衰え、年中、体じゅうのあちこちが痛い。家の中では杖もつかず歩いているが、その背は丸くなり、ひどく歩き方が頼りない。毎日、口癖のように——死んだ方がまし——とつぶやきながら、二度の食事はけろりと食べているから、まだ当分死にそうもない。

得度して四十五年にもなるのも、すべて仏さまのおかげと感謝しているものの、長生きが仏さまのおかげとは思えない。おかげがあるなら、さっさとあの世へ出発させてくださりそうなものだと思う。あの世へのキップがまだ頂けないのは、出家したくらいでは許されない悪徳の数々を、私が積んでいるからであろう。

とは言っても、この年齢になれば、今死んでも不思議でもないので、近頃、急にせかせかと、この世への「ケジメ」をつけ始めている。読み返したら、ろくでもないことばかり書いてある旧い日記や、大切そうにとってあった昔々の恋文とやらも、みんな焼いてしまう。秘書やお手伝いの目を盗んでそれをするのは、ちょっと緊張を要する。今となっては、数百冊の出版された自分の本も三分の二くらいは焼いてしまった方がいい気になったりする。

衣類は得度の時、ずいぶん片づけたが、その後四十五年もの歳月に、法衣のあれこれが貯まってきた。一番よく着る法衣に傷みが目立つので、法衣屋に新しく注文しようかと思い、とんでもない、今更と、あわててそんな迷いを打ち消している。

それでも思い迷った末、三十一年もつづけてきた「寂庵だより」という、ささやかな新聞をこの際、出版廃止にした。これは自分の新聞を持てば、まさかの時も自分の意見を世に問えるだろうし、他に力もない出家者としての奉仕の一つになるかもという考えからの出版だった。幸い好評で定期購読者が増えつづけた。

ところが私の老衰につれて、新聞の原稿をほとんど一人で書いてきたことが続かなくなり、病気も多くなり、少しずつ発送が遅れるようになった。二、三カ月から半年も、休んでしまうことになった。迷い迷った末、この際、発行を停止した。毎月購読料を貰っているので、それを精算し、私のおわびの手紙と、一番新しい本（ドナルド・キーンさんとの対談）を入れた封書を出した。一万近くあったのが半分以下に減ったとはいえ、とても寂庵では送れないので出版社に頼んだ。

現在その読者だった人々の手紙が連日どっと届いている。みんな長い手紙で、涙なしでは読めない。読むのが生き甲斐だったのにと言ってくれ、長年一度も値上げがなかったとほめてくれたりする。それを拝読しながら、また出版したくなってむずむずする。しかしこれが「老いのケジメ」だと、自分をなだめるのだった。（二〇一八年十月十一日）

法臘四十五

私には一年に誕生日が二回ある。

母の胎内からこの世に出た日と、人生の中程で、出家得度した日である。後の誕生日は、お寺の子供として生まれた人以外はめったに縁がない。

母から産まれた日は大正十一（一九二二）年五月十五日である。いつでもこの日は爽やかに晴れていて気持ちがいい。その日も晴れていたから晴美という名を父がつけたのではなく、私を男の子と思いこんで父が用意していた名が晴美だった。その頃、晴美は男の子に多かったらしい。

小説家になった私が岡本かの子を書いた時、かの子が恋人の名が気にいらないと、自分でつけた愛称が、晴美だったそうで、かの子に「はあちゃん」と呼ばれたその人を取材した時、彼は私を見るなり、

「え？　あなたは女性だったのですか？」

と愕いた。私も子供の頃、彼と同じように「はあちゃん」と呼ばれていたのである。

私が出家したのは、一九七三（昭和四十八）年十一月十四日であった。この日、平泉の中尊寺で、私は髪を落とし天台宗の尼僧として生まれ変わった。中尊寺で剃髪したのは、私が師僧としてお願いした今東光師が中尊寺の貫主だったからである。

ところが東光師はたまたまこの時、腸がんの手術の直後となり、代理に寛永寺の貫主の杉谷義周大僧正が行って下さった。今先生は、

「お前さんは小説家だからな。得度式の一切をしっかりその目で見るんだよ。二度とないからな」

とおっしゃった。杉谷大僧正にも式の場までは挨拶もするなと言われた。私はそれを守った。前日から寺に入り、当日本堂へ案内された。廊下に出ると、真っ青に晴れた空と、真っ赤に色づいた紅葉が目に映った。私は思わず、

「紅葉燃ゆ旅立つ朝の空《くう》や寂」

と口の中でつぶやいていた。それまで俳句など全く作ろうとしたこともなかったのだ。

中尊寺のお偉い僧侶たちが本堂にずらりと並んでいた。拝殿前には人々があふれる程

つめかけている。内緒にしていたのに、どこからか洩れたのだろう。すべてカメラをかかえた取材のマスコミの人々であった。

別室で髪を断たれた。寺の近所の散髪屋の娘だという人がバリカンで長い髪を落とし、そのあとかみそりでくりくり坊主にした。その間、壁の彼方から声明が聞こえてきた。剃髪の時の声明は比叡山で声明の名人とうたわれた誉田玄昭大僧正があげて下さったと後で教えてもらった。

「髪が長いからなあ。普通の三倍もあげつづけたよ」

と、後年伺った。この時、傍らにいた姉がわっと泣きだした。その涙声を私の声と、新聞に書かれたのに困った。私は涙など一滴も出なかった。それはまさに一つの新しい命の誕生の儀式であった。

あれから四十五年にもなる。出家してからの僧の年齢は法臘《ほうろう》と呼ぶ。私の法臘はこの月十四日で四十五ということになる。長いようで、何と短い月日であったことか。

（二〇一八年十一月八日）

この世の命

今年ももう、あと半月ほどになってしまった。年々、一年の長さが短く感じられるようになるが、九十歳を超えると、その短さは急速になり、あれよあれよという間もなく両掌両脚の指の間から競ってすべりだしてゆく。

石牟礼道子さんが九十歳で亡くなったのが、今年の二月で、その死をいたんで、目につく印刷物のあらゆる頁に、彼女の写真が載り、弔文が並んでいたが、十カ月過ぎた今では、ひっそりとして、極く親しかった人たちが、しんみり涙している様子である。

石牟礼さんより年長の私は、今年満九十六歳で、数え年ならこの正月で九十八歳になる。まさか、自分が九十過ぎまで生きようとは夢にも思わなかったのに、何ということだろう。五十一歳で出家した私は、法臘ならまだ四十五歳である。

その時は全く気がつかなかったが、私の母が死んだのも、五十一歳の時だった。私の母は徳島が空襲にあった時、町内の人々はみんな逃げて山ぎわの寺へ避難し、助かったのに、母はこんな田舎村が空襲されるようでは、もう日本は負けだと早合点し、防空壕から出ないで焼け死んでしまった。

私は母の望んでいて出来なかったことを次々やらされた。母は十二歳の時、五人きょうだいの長女として生母に死なれたので、幼い弟や妹の世話を見るため、学業をあきらめた。私を東京の女子大へやり、私の結婚には、自分が憧れていた学者の卵を選んだ。古代中国音楽の研究をしている中国在住の留学生というだけで、母は舞い上がってしまって、それで食べられるかどうかなど考えもしなかった。

繰り上げ卒業を待ちかねて母の選んだ人と結婚し、私は夫の暮らす北京へ渡った。その時の別れが、母との最後の別れになるなど思ってもみなかった。

北京の暮らしはすぐ女の子に恵まれたが、写真を送っただけで、母は孫娘を抱くことは出来なかった。母の死後、田舎に疎開してあった箪笥の中に、私の娘の、幼稚園の服とか、小学生の靴などが一杯、買いだめしてあった。服はすべてスフ（レーヨン）だったし、靴は人工革だった。

終戦後、引き揚げた私の娘は、まだ言葉も言えなかった。

もし、母が生きていたら、私は幼い娘を捨てて、家を出たりは出来なかったと思う。私がいつか小説家になることを誰よりも信じて疑わなかった母だけれど、小説の女のような生き方を娘にさせることはなかったと信じる。

私が出家した時、私はそぎ落とされる母ゆずりの豊かな黒髪を見ながら、母の泣き笑いの表情だけを思い描いていた。

母を助けられなかったことを悔いてか、父も早く死んだ。五十六歳だった。姉も父と同じがんで、六十四歳で死んでいる。

私はひとり残され、九十過ぎても小説を書きつづけている。この年になって徹夜をつづけたりしながらまだペンを離さない私を、あの世の家族たちは、見つづけていることだろう。誰もペンを置けとは言わないで。

来年の文学誌二冊に私は連載を書くことにした。仕上がるまでこの世の命が持つかどうか。

（二〇一八年十二月十三日）

「この道」と白秋の三人の妻

この正月で、私は子供時代からの旧式な数え方なら、九十八歳になった。何とまあ長生きをしてしまったことだろう。母は防空壕の中で五十一歳で焼死しているし、父はその母を助けられなかったことを苦にしてか、五十六歳で後を追っている。たった一人残った姉も、六十四歳でがんで死んでいる。残された私一人が、わがまま勝手な生き方をしでかしながら、百歳近くまで生きつづけているというのは、どういうことであろうか。

病気をしても必ず治り、仕事がつづけられている。と、書いてきて、はっと気がついた。なかなか死なして貰えないということが、仏の罰に当たっているのかもしれないと。

天変地異が異常に多くなった近頃を見ても、気味の悪い他国との交情を見ても、この先の平和とか、安穏な暮らしは期待出来そうもない。戦争だけは何が何でも厭だと思っていても、一人で防げることではなし、いつ、何が起こっても当然な気がする。

そんな中で、今年第一番の私の仕事は、北原白秋と山田耕筰の友情を描いた映画「この道」の宣伝文である。この映画はすでに私は昨年の晩夏、じっとしていても、汗の噴き出る猛暑の中で観ている。童謡誕生百年を記念して二〇一九年に発表される映画であった。

京都の旧い大きなお屋敷の一室で、その試写を観た。その後に、白秋役の大森南朋氏と、耕筰役のＡＫＩＲＡ氏と、同行していた私の秘書の瀬尾まなほの四人で、座談会もした。二人の出演者は、役の殻を脱いだ男性としても魅力的で、座談会は気持ちよく弾んだ。

私はかつて白秋の三人の妻について『ここ過ぎて』という長編小説を雑誌「新潮」に連載し、文庫本にもなってよく読まれている。白秋伝は数々あろうけれど、彼の生涯にまつわった三人の妻については、私の作以上の研究はまだないと自負している。

最初の妻俊子は、白秋が詩人として認められはじめた頃、隣家の妻だった。白秋は俊子に恋をし、不倫の仲を、俊子の夫に訴えられ、姦通罪で、二人共に獄に捕らえられる。出獄した後、二人は結婚するが、一年ほどで別れている。

そのほとんど直後にあらわれたのが章子《あやこ》で、彼女は世間から見捨てられた痛恨貧窮の白秋によく仕え励まし、随筆で立ち直らせている。章子の犠牲的奉仕のうちに白秋の名声は高まり、天才的詩人として生活も豊かになる。だが、新しい家の新築祝いの日に、章子は出入りの編集者と駆け落ち同然のことをして、白秋とは離縁する。

その後に結婚した白秋の三番目の妻菊子は、模範的な糟糠《そうこう》の妻で、白秋の天才を存分に発揮させ、国民詩人と呼ばれるまでに大成させ、男女二人の子をなした。晩年ほとんど失明した白秋の目となって見事に仕えきった。菊子を得なければ、国民詩人と呼ばれる白秋の名声は得られなかったであろう。

山田耕筰氏には逢ったことがないが、親しい横尾忠則氏一家がずっと住みついている東京の家が、かつて耕筰氏の家だったのを、そのまま住んでいるという。よく訪ねる度に、耕筰氏を思わないことはない。どっしりした二階家で、気分がよくなる。この家は天才しか住めない家なのだろう。白秋の童謡に、またとないメロディーをつけた耕筰氏と、白秋の厚い友情が描かれた快い映画である。

（二〇一九年一月十日）

二月の鬱

二月という月は、私にとっていつからか凶の月となっていた。はじめて家庭を捨て、着の身着のまま歩きだしたのも二月だった。

仕事盛りに、突然くも膜下出血で倒れたのも、二月の寒い朝であった。

おととし、心臓と両足の血管が詰まって病院に運ばれたのも、例年にない寒い二月であった。思いかえせば、男とのぐたぐたした別れ話も、なぜか二月にくり返す。それでも思いのほかの長命で、私は満九十六歳になっている。昔流の数え年なら、この正月で九十八歳ということだろうか。仕事仲間の間では、私が最も長命であろう。

それでも毎月こんな原稿をいくつか、書かせてもらっているし、今年などは、正月号の文芸雑誌二冊に連載小説と短編小説を書かせてもらっている。よくも引き受けると呆れられるが、こうなれば、さきのことなど考えていない。今夜死んでも当然なのだから、息のある間に、せいぜい生のとまる瞬間まで書く態勢を維持しようと思っている。

つまり生まれつきが呑気なのだろう。多くもない身内で、私と最も気質が似て、更に呑気なのが、甥の敬治であった。根性が明るくとぼけているのは私に似ているが、私の勤勉さは全くなくて、遊ぶ名人であった。ゴルフなどは町一番の腕前とかで、何度もホールインワンをして、その度、お茶屋の女将やバーのママが、お祝いにやってくる。仏具屋の店を守っている彼の母、つまり私の姉が、その度真っ赤になっていきりたち、

「何がめでたいですか。私と嫁が必死になって店を守っているから、売れなくなった仏壇屋が何とかやっていけてるんです。穴の中にボールが入ったくらいで、お祝いなどもってのほか。帰って下さい！」

とわめくので、祝いにきた彼女たちは恐れて飛んで帰る途中で、その話を人々に話すので、町じゅうの笑い話になる。ところが、背が低くて、デブで、禿げていて、およそいい男ではないのに、女にもてることは奇跡的なのである。女の一人に私は直接、そのわけを聞いたことがある。彼女曰く「あんな優しいあたたかい男他に知りません。あの笑顔を見ただけで、心がふうっとあたたこうなります」と言う。たしかに、私も彼と話すと、すぐ笑いだしているし、心があたたかくなっている。

勉強はちっとも出来なかったが、小説はよく読み、ラブレターは天下の文豪の小説をうつすので、どんな美女でも陥落させる。私は彼とバカ話をするだけで、疲れがとれ、声をあげて笑いだすのだった。

私の葬式の時は、一世一代の挨拶をするから安心しろと言っていたのに、この一月三十一日に急逝してしまい、二月二日が葬式だった。死に顔は美しく、別人のようであった。

「約束がちがうよ、敬ちゃん」

と、私は文句を言いながら、数え年なら九十八の自分の長寿がつくづくのろわしくなるのだった。

そういえば彼の母、私のたった一人の姉の死も、二月の雪の舞う二十八日であった。

（二〇一九年二月十四日）

まだ生きている

「時」という不思議なものは、一刻の休みもなく過ぎつづける。その間に、人は一日の休みもなく、生まれつづけ、死につづける。

いつの間にやら満九十六年も生きてきた自分の命の長さと重さに、愕然としている。あと二カ月もすれば、私は満九十七歳になる。その二カ月に、私はまた幾人の人に死に別れることだろう。一番可能性の高いのは、自分自身との死に別れかもしれない。そう思いながらも、図々しい私は、まだ、だらだらと生きつづけて役にも立たなくなった自分の命を持て余しているような気もする。

生きるということは、その存在が誰かの役に立っていることではないだろうか。夫婦の、恋人の、家族の、よりどころになっているという自覚がある時、人は自分の命の重さをひしひし実感することができる。

九十七年も生きながらえると、自分では自覚しなくても、たぶん、呆けているだろうし、毎日思いちがいや勘ちがいを繰りかえしているのだろう。

しみじみふり返ると、自分が死んでも、不自由を感じたり、心細くなったりする人もいなくなった気がする。この年になると、どんな身内や親友が死んでも、葬式にも出かけられない。無理に出席しても、そこで自分が死んだり倒れたりすれば、迷惑をかけるだけだからだ。不義理ではなく、出席しないことが、礼儀なのだ。

長生きして一番切ないのは、自分より若い知人や身内の死を見送ることである。

昨年から今年にかけて、両掌の指で数えられないほどの知人や身内が死んで行った。その度、私は出家者のくせに、枕元でお経もあげていない。もはや何の役にも立たなくなった。それなのに、こんな私に、まだものを書く仕事を与えてくれる新聞社や出版社がある。何という有り難いことだろう。今となっては私はペンを持ったまま、原稿用紙の上に顔を伏せて死にたいとばかり念願している。

毎月、寂庵で法話もつづけている。声が若いので苦にならない。毎回、集ってくれる人は、北海道や沖縄の人まであり、来てよかった、逢えてよかったと涙ぐんでくれる。その度に、まだ生きていてよかったのかなと、私は少しばかり心が軽くなる。

行きたい所へは、大方行った。着たいものもほとんど着てしまった。食べたいものも大方食べた。結構な人世だったと思う。

五十一歳で出家してからも四十六年にもなっている。仏に守られていると、ひしひしと感じることが多い。

生きたあかしに、私の書いたものが少しの歳月は残ってくれるであろう。有り難いことだ。本音を言えば、もう生きつづけるのが、しんどくなっている。さっさと歩けない。誰かと会いたいと思ったら、その人はもうとっくに死んでいる。

あの世へ行けば、先に死んだ会いたい人に逢えるのでしょうかと、よく訊かれる。尼僧の私は「逢えますとも。遅かったねと、その人はあの世の飛行場で待っていますよ。ええ、今はあの世へ行くのもわたし舟なんかじゃなくて飛行機ですよ」と言う。訊いた人は笑顔になり、「主人と別れた時より三十余年も経っているので老けた私をわかるかしら」と首をかしげる。

そんな毎日をまだ生きている。

（二〇一九年三月十四日）

ショーケンとの再会

ショーケンこと萩原健一さんが三月二十六日に亡くなって、早くも二週間が過ぎた。その間、私はショーケンの追悼文を書きかけては胸に迫ってきて、涙があふれ書けなくなってしまう。仕方がないので、彼と一緒に仕事をした雑誌を繰り返し読んで気をまぎらわせている。

ショーケンは生前、私とつきあっている間、いつも私のことを「おかあさん」と呼んでいた。毎朝早く電話がかかり、疳高い声で「おかあさん、お早よう」と呼びかける。「うるさいなあ、まだ寝てるよ」「もう六時すぎだよ。年寄りのくせにいつまで眠るの。あんまり眠ると、早く呆けるってよ」

そういうショーケンは毎朝五時から一時間半も歩きつづけている。自慢のスタイルを保つためだそうだが、毎朝の電話で彼が私に伝えたいのは、二人の女性の噂話をしたいためであった。二人ともショーケンの熱烈なファンで、ひたすらショーケンと一緒に歩きたいために、毎朝やってくるという。一緒に歩くのは他にも男女十人くらいがいるらしい。

ショーケンが私に話したいのは、その中の二人の女性のことだけで、一人は人妻だが、自分はそっちの方が好きだけれど、夫と別れてこないと相手にはできないと言う。そんなくだらない話を早朝から聞かされても、腹も立てないのだから、私もいい加減阿呆になっている。

そもそものつきあいの始めは、ショーケンが大麻事件で逮捕された後、世間で騒がれて居場所がなくなった時、ふとした縁で、京都の私の寂庵へ頼ってきて、かくまったのがきっかけであった。新幹線の三時間、トイレに身をひそめてやってきたという。おどおどして、目を伏せたきりで見るも哀れな姿だった。夕方だったので先ず夕食をすすめたら、すき焼きの前で泣きだしてしまった。

「いただいてもいいのでしょうか」

「どうぞ、とにかくたくさん食べて精をつけなきゃ」

泣きながらすき焼きを食べていたショーケンの姿を、ありありと想いだす。あの世では、誰とすき焼きを食べていることか!

長いつきあいの中で、彼の恋人とか、妻と呼ばれた女性に巡り逢ったが、ほとんどの人は、私に「早くショーケンと縁をお切りなさい。ろくなことありませんよ」と言う。縁を切るも何も私とショーケンとは、おかあさんと息子の関係を一度もふみ誤ったことがないので、別れようもない。ただ長い歳月に、気まぐれなショーケンは、何度も私との音信を断ち、全くつきあいのとだえたことも幾度となくあった。

寂庵は尼寺なので、ショーケンのような危険な男を置くわけにいかず、私の判断で、近くの禅寺の天龍寺へ預けることにした。平田精耕管長が雲水と共に預かってやると言って下さったので、法衣一切を買い整え、寂庵で頭を剃って、天龍寺へ私が送りこんだ。法衣を身につけたとたん、ショーケンは一見見事な雲水になりきるのは、さすがの役者だった。

ところが天龍寺で、ショーケンは、ありとあらゆる悪いことをしてくれたが、寺では一旦預かった以上は一切寺の責任だと言って一事も私に伝えなかった。以来、私は天龍寺に頭が上がらない。

不貞で不良のショーケンとの悪縁は、現在の夫人との結婚までつづいたが、突然の死で、この世の縁は一旦切れた。しかし、すでに九十七歳を目の前にした私は程なくあの世の入り口で、「おかあさん！　おそかったね！」と手を振って迎えてくれるショーケンに再会することだろう。

（二〇一九年四月十一日）

御大典

一九二二（大正十一）年五月十五日生まれの私は、この五月十五日で満九十七歳になる。よく食べるし、よく眠るし、今でも、こんな仕事をしているのだから、まだ死にそうにもない。長生きが何より望ましい人間の幸福だったような時代は、とうの昔になくなって、今ではなかなか死ねない人生が、人間の老後の不幸を招いているように考えられている。

それでも長生きしたおかげで、私はさまざまなこの世の習わしを見たり、経験したりしたことで、得をしたように思う。

つい最近、御代替りがあったが、私の幼時の記憶のなかで、最も華々しく晴れやかだったのが、御大典のお祝いだった。御大典が何だかよくわからないまま、大人たちがはしゃいでいるのにまきこまれて浮き浮きしていた。

私の生まれた徳島の町ではお盆でもないのに、町じゅうで阿波踊りをすると言ってはりきっていた。早くから三味線や鐘、太鼓のおさらいの音が通りのあちこちから聞こえはじめていた。

私の生まれた町内でも、子供より大人が浮き上がっていた。さしもの職人だった父は十人ほど住みこみ弟子をかかえていたが、彼等に踊りの連を作らせて、練習させていた。それでもまだ飽きたらないのか、近所の子供たちを集めて変装させて、町を踊って歩かせようとした。父だけでなく、大人たちが、変装行列に熱を出して、ひそかにその用意をしているのが、子供の目にも楽しそうに見えていた。

近所の私の遊び友だち数人を集めて、父は歴史上の人物に変装させることを思いついた。聖徳太子や、天照大神など、父の考えつく変装は子供たちには人気がなく、結局、子供たちのよくなじんでいる浦島太郎や桃太郎や、弁慶になりたがった。

子供たちの家族まで父の仕事場に集まって、新聞紙でかぶとを折ったり、よろいの色づけをしたりした。

御大典の当日は、町の通りという通りは、変装の人たちの行列で埋まり、その人々が踊りだすと、どの連も負けじと三味線を鳴らし、太鼓を叩くので、賑やかに沸き立っていた。「ごたいてん」というのがどういうことかわからないまま、こんな面白い日が一年に何度もあればいいのにと踊っていたことを思いだす。

九十六歳で迎えた御大典は専らテレビを見つづけていた。

上皇、上皇后になられた両陛下に、しみじみ御苦労さまでしたと掌を合わせた。美智子上皇后さまと、最後にお目にかかった時、お若い時から優等生で勉強ばかりして、男友だちなど一人もいなかったので、

「はじめてお電話をいただいたり、好きだと言って下さったりした男の方は、陛下だけでしたから、すっかり夢中になって、家族じゅうの反対を押しきって、陛下との結婚をしたのですよ。生涯に陛下は私のただ一人の男性なの」

とおっしゃった晴れやかなお顔が忘れられない。どうか、あくまでもおだやかなお二方のこれからのお時間を末永くお楽しみお遊ばしますようにと、お祈り申しあげます。

（二〇一九年五月九日）

女流作家の夫たち

田辺聖子さんが亡くなって、とても淋しい。大阪は、聖子さんをはじめ、河野多恵子さん、山崎豊子さんという女流の優れた作家を産んでいる。三人とも日本の女流作家の中では格別、力量のある人たちである。

私は幸いなことに、三人といいつきあいをさせてもらった。三人よりも年長なのに、私ひとりが残って、九十七歳の誕生日を越えてしまって、まだ、のこのこ生きているのが恥ずかしい気がする。

三人の中では河野多恵子さんと一番縁が深く、ものを書きはじめた最初からつきあい、彼女が亡くなるまでつきあった。市川泰さんという画家と結婚して、子供は産まれなかったが、夫婦仲はよく、市川さんは河野さんの文学的才能をよく理解し認めていた。

市川さんがアメリカに居を移したら、河野さんもそれを追って何年もアメリカ暮らしをして悔いなかった。市川さんは亡くなるまで、「河野多惠子の夫」という感じが強かったが、市川さんの存在なくしては河野多惠子の天分は開花出来なかったと思う。

山崎さんとは互いにその力量を認めあっていたけれど、深いつきあいはなかった。ただし、山崎さんも私も新潮社の名編集者の斎藤十一氏に世に出してもらった縁があり、斎藤氏のお葬式の時などは並んで座るだけで、お互いの心の中がわかりあえる仲であった。しかし、どういう結婚をされたかもよく知らないし、個人的な話などしたことはなかった。

聖子さんとは、私の仏教の師になっていただいた今東光氏の八尾のお宅で、今氏のお誕生日会ではじめて逢った。芥川賞作家として有名になっていたが、体も小さく、その頃は地味な服装で目立たなかった。人の後ろにひっそりしてつつましく、後年の華やかな「おせいさん」の姿は想像出来なかった。

歳月がたち、聖子さんと、大庭みな子さんと、私の三人で、新しく出来た女流文学賞(フェミナ賞)の選者を引き受けることになって以来、度々逢うようになって、急速に仲がよくなった。

聖子さんは、選者としては、厳しく、さっぱりと意見をのべ、「この小説は終わった所から書き始めるべきだ」など、ぴしゃりと断言した。しかし、その口調はあくまでおっとりした大阪弁なので、悪口を言っているような気がしない。

そのうち、聖子さんのお宅へ招かれるようになって、玄関に人形が一杯あるのにびっくりしたが、よく聖子さんのエッセイに出てくる「カモカのおっちゃん」こと川野純夫氏という御夫君ともお知り合いになった。たしか四人のお子さんのある方だともれ聞いていたが、聖子さんは世帯やつれなど全くなく、若々しく美しくなっていた。

おっちゃんはよく呑むので、私もつい酔っぱらうほど呑んでしまう。彼の口癖は「田辺聖子は天才です！」であった。聖子さんの座談会にも、出席して、言葉をさしはさむ。出版社が活字でその弁を消すと、聖子さんはむきになって怒った。

おっちゃんが病気になり車椅子生活になっても、聖子さんはおっちゃんをつれて、東京の仕事場に同道した。おっちゃんが亡くなってから、夜遅く酔っぱらってかけてくる電話もなく、淋しかった。三人の優れた大阪女たちが仲がよかったとは見えなかったが、あの偉大な才能には、甲乙がつけられない。大阪万歳である。

（二〇一九年六月十三日）

ふるさとの夕暮れ

まさか、こんな年齢まで長生きするとは、予想したこともなかった。大正十一（一九二二）年五月生まれの私は、関東大震災を、子守の背で経験した。小学生の子守が、小さな背におぶった赤ん坊の私と共に、庭の真ん中にへたりこんで動けなくなったのを覚えている、と言ったら、「この嘘つき!」と、大人たちからこぞって馬鹿にされた。小学生の子守は、間もなく大阪へ引っ越していったので、逢うこともなく消息も知らない。

その頃の子供たちは、幼稚園や小学校から帰ると、往来や、町の川べりにある広っぱで、遊んでいた。親たちは夕方になると、早く家に戻れとうるさく言った。おそくまで外で遊んでいると「子取り」が来て、つれていかれるとおどすのだった。「子取り」を見たこともないのに、子供たちは、世にも恐ろしい者と信じていた。

たそがれを知らせるのは電信柱の上方についたガス燈に灯のつくことだった。その灯をつけるおっさんや、兄《あに》さんが自転車に乗ってきて、ガス燈に灯をともす。いつからガス燈が電燈に替わったか、この原稿を書くため、故郷の電燈局に訊いてみたが、明快な返事はなかった。令和の新時代、大正の風俗など識りたがる人間は、ほとんどいないのだろう。

若い、粋な兄さんの点けていくガス燈の灯りは、ぼうっとうるんで、たそがれの昏《くら》さの中に花が咲いたようにひろがる。さっと、こうもりが灯を逃げて、家々の軒端にかくれていく。

「早ようもどらんと、子取りが来るでよう！」

家々の軒端から親たちが子供を呼ぶ。

ガス燈のやわらかな光と、親の疳高い声と、こうもりの影が、その頃の、ふるさとのたそがれであった。

子取りにさらわれると、サーカスに売られて、帰れないと聞かされていた。一年に一度、広っぱに来て、象色のテントを張るサーカスが好きになった私は、何とかしてサーカスにさらわれたいと、毎日、テント小屋にもぐりこんだものだった。

まさか大人になってから、大の大人たちが「子取り」にさらわれ、外国につれて行かれて帰れなくなるなど、想像したこともなかった。

日本の大人たちが、いきなり外国人におそわれて、目かくしされ、外国につれていかれて、帰されないという理不尽なことが、現実のこの世でおこるなど、想像も出来なかった。幾人か、帰された人に、私は佐渡で会い、話もじかに訊いた。

彼らの帰国のため、努力している人たちにも逢って、手伝いの申しこみをしたこともある。その時、彼らは「仲間たちの団結のため、新しい人の援助は……」と消極的で断られた。今もまだ帰れない人たちは、どうしていることやら……。今度のアメリカ大統領の北朝鮮行に、日本人のさらわれ人の帰国に力を貸してくれるかと期待したけれど、さっぱりだった。

「早ようもどらんと、子取りにつれていかれるよう！」

疳高い母の叫ぶ声を想いだすこの頃である。


（二〇一九年七月十一日）

暑い夏

徳島生まれで、十八歳まで、徳島を出たことのなかった私は、暑さには強かった筈であった。

思いがけず、満九十七歳の現在まで生きのびてしまった私は、今年の夏の異常な暑さに、毎日、文句を言う元気さえなくなって、防虫剤を全身に浴びた虫のように、息も絶え絶えに、ひたすら、だらりと横になっている。

何を読んでも頭に入らず、気がついたら、生きてきた過去の夏の想い出ばかりをたどっている。

記憶が残っている最初の夏は、爽やかな金魚売りの声である。

「金魚えー、金魚！」

と張りのある若い男の声が、歌うように近づいてくると、子供は口々に、

「あ、夏が来た！」

と、浮き浮きしたものだ。

徳島の夏は夕方が格別むし暑くなる。男たちはみんな素肌に甚平を着て、女たちはアッパッパと称するワンピースを着ていた。子供は大方裸に近い身なりだった。

息も絶え絶えの夕方が過ぎ、夜になると、商店街のわが家の前の通りには、各家の床几が出て、夕食後の男たちは、それぞれの床几で、碁や将棋を楽しみ始める。

子供たちは、その床几のまわりを走り回りながら、せっかく、行水でさっぱりした体を、また汗だらけにしてしまう。女の子は、父とは別の床几に母や友だちと集まり、線香花火に熱狂する。

夏の夜の闇に、ぱっと開く火の花の、何と華やかだったこと！ テレビはまだなく、ラジオのある家に、人々が集まるような時代だったので、長い夏の夜の愉しみは、専ら人と人のふれ合いと噂話だけだった。

どの家も夜は蚊帳を吊った。わが家の蚊帳は緑色で大きく、毎晩、五歳年長の姉と私とでわいわい言いながら吊った。その中に親子四人が寝た。

今年は特別暑いと言われる京都の夏の暑さに、朝も夜もあえぎながら、

——あの世には、こんな暑さはないのだろうか。

と、ぼんやり考える。

放火され、何十人もが殺された、この夏のニュースに、あの長い戦争を生きのびてきた私たち世代の日本人なら、戦争で殺された身内の人々のことを、誰もが思い出したことだろう。私の年代の者は、盆は旧盆がしっくりする。

長い戦争が負けで終わったのも、旧盆の八月であった。私は天皇のラジオの声を、北京の域外の運送屋で聞いた。その日、はじめて勤めに出た日であった。夫は北京で戦地に往き、居所も知れなかった。内地との文通はとうに絶え、広島、長崎の原爆投下のことさえ知らなかった。まして、母と祖父が、防空壕で焼死したことなど全く知らなかった。

母は五十一歳だった。

私は五十一歳の時、出家した。その時、母の没年を想いだしたわけではなかった。髪を剃っている最中、そのことにはっと気がついた。出家してからもすでに四十六年が過ぎている。そして、まだ、私は死ねないでいる。この夏の暑さは、罰なのか。


（二〇一九年八月八日）

怖れるもの

「死」は怖くない。五十一歳で出家した時、私は出家とは、生きながら死ぬことだと思っていた。それは「考え」ではなく、私にとって、それは「感じ」だった。「考え」は、人に教えられたり、勉強したりして生まれるものだが、「感じ」は、自分の五体が自然にそう感じることで、自然発生的なものである。

人のあまりしたがらない出家を、自分から進んでした時、私の本音は、実際に「死にたかった」のかもしれない。

ところが出家してみたら、思いがけなく、私はすっかり丈夫になって、あれよあれよという間に、只今満九十七歳まで生きのびてしまった。

毎年、まわりの肉親や友人たちがボロボロ死んでゆく。その度「私が代わってあげたかったのに」と心の中で叫んでいる。

出家して以来、「死」についてあれこれ勉強もしたし、偉い出家者の書物も、昔のものから現代のものまで、たくさん読んできたが、人を納得させるほど、「死」について自信を持って語ることも出来ない。出家した義務として、自分の庵で、法話などつづけているが、聴きにきてくれた人から、肉親や配偶者に死なれて辛いと訴えられると、その人を抱きしめて一緒に泣くくらいしか能がない。それでも、

「寂聴さんが一緒に泣いてくれたので、悲しさが慰められた」

など言われると、身のおきどころのない恥ずかしい気持ちになる。

産まれた時、産婆から、

「この子は一年と命が持つまい」

と言われたそうだが、数え年なら九十八歳にまで生きのびてしまって、ようやく、「死」は目前の事実となってきた。

あの世があるのかないのか、訊かれても答えられないが、近頃ようやく「死」は「無」になるのではなく、「他界」に移るような気がしてきた。「他界」が「現世」より楽か、苦しいかはわからない。

そんなわけで、「死」はいつでもおいでと思っているが、その前の呆けることが怖く

なってきた。うちの最近とみに有名になっている秘書のまなほに言わせると、私はもうとっくに呆けていて、スタッフたちは、すべてそれを認めているという。

真夜中にじゃんじゃん電話をかけてきて、

「冷蔵庫の扉がしまらなくなったよう、早く来て！」

とわめいたり、原稿の締め切り日を何度書いて渡しても失くして、貰っていないと言うし、一日中ぐうぐう寝ていて、昨日と今日がわからなくなったり、一日に二食しか食べない習慣なのに、突然、四食も要求したりする。

気まぐれは性分と思っていたが、その度がいや増して、

「もうこれ以上、つきあいきれないよ」

と言う。その自信にみちた口調も、聞いただけで腹が立つけれど、言い返す気力もない。

「これ以上、呆けたらどうしよう」

と、つい気弱に独りごとを言ったら、たちまち聞きつけられ、

「それ以上、呆ける余地なんてないですよ！」

と、言下に否定されてしまった。

（二〇一九年九月十二日）

長生きの余徳

九十七歳の秋も、十月の風に吹かれ、連日透き通った空を仰いでいる。

今年もあと二ヵ月しかないと思えばぞっとする。相変わらず、遺言も書けていないし、捨てる物も何一つ片づいていない。形見分けの処分も、思うばかりで、一向に用意されていない。ただ老衰の進行だけは確実に進んでいて、一番楽なのは、終日ベッドに横になっていることである。

横になった姿勢でも本は読めるので、退屈することはない。

「当たり前ですよ。数えだとすぐ百歳ですからね。九十八歳で亡くなった宇野千代さんも、九十すぎからは、いつ伺っても横になっていらっしゃいましたよ」

これまた長命な元編集者が、時たま覗いてくれては、そう言ってなぐさめてくれる。

私は宇野さんの死に顔を拝んだが、あんな美しい死に顔の方は、それ以後見たこともない。あの方は特別中の特別の人物なのであろう。

いつも五千枚ずつ注文する自分のデザインの赤い線のこの原稿用紙も、まさかもう、それほどは要らないだろうと迷ったが、まあ、余っても、若い人にあげればいいと、いつも通り五千枚、最後と思い注文したのに、あと、二十枚くらいになってしまった。まさか、今から新しく注文することもないだろう。いやしかし、短いものばかりだけれど、文芸誌二冊と、新聞二つと週刊誌一つにエッセイの連載があるので、やはり、あと二千枚は注文した方がよいのでは……。

六十六歳若い秘書の言によれば、私の認知症は、とっくの昔に始まっているとか。

「だから私をクビにしたら、たちまちお手あげですよう」

と高々と笑う。大学を出てすぐ寂庵に来た彼女が、今年三十一歳で結婚したのだから、私が百近くなって当然なのだ。

そんなことをぐずぐず考えていたら、急なニュースが入って、「定家の直筆の源氏物語の一帖」が、新しく発見されたという。

冷泉家の発表だから間違いないとか。まあ、生きていれば、こんな凄い幸運にも遭えるのだから、やっぱり長命は、有り難いと言うべきなのか。急に全身がいきいきしてきた。

ドナルド・キーンさんも、もう少しこの世にいられたら、この奇蹟にあわれたのに。梅原猛さんも興奮した声で、電話を下さったことだろうに。円地文子さんは源氏物語の現代語訳をなさった頃、度々、東京から京都へ来られ、平安期から続いている冷泉家を訪ねられたものだった。

紫式部はもちろん、紙に筆で原稿を書いた筈である。平安期の当時は、紙も高価な贅沢品だったし、硯も墨も筆も、中国産で高価だった筈だ。紫式部は当時最高の権力者だった藤原道長をパトロンにして、道長の娘の中宮彰子のために、源氏物語を書きあげた。もちろん、紫式部自身が自分で筆をとって書いたのである。しかしその原稿は何も残っていない。私たちが今読んでいるのは、それから二百年も過ぎて、定家が写した源氏物語である。今度発見されたのは、その時の定家の原稿ということだろう。

間もなく私は死ぬだろう。生涯に五百冊ほど書いた私の本は、何時まで何冊が残ることか。

もう現在の作家は、みんなパソコンで原稿を書いている。自分でペンを握りしめて原稿用紙に書く作家など、私が最後であろう。そう思うと、何だか自分が歴史的人物のように思えてきた（アホか！）。

（二〇一九年十月十日）

二つの誕生日に

私には誕生日が二つある。一つはこの体が、母の胎内から出てきた日で、大正十一年五月十五日であった。西暦一九二二年で、翌年関東大震災が起こったと説明すれば、私たちの世代の人たちには、素早く納得される。その生年月日で数えたら、私は目の前に来る正月で、数え九十九歳になるわけである。白寿という年で、吾ながら自分の達者さに驚いてしまう。

現在満九十七歳で、脚腰が痛いとか、物忘れがひどくなったとか、ぐちりながらも、まだ食事が美味しく、眠りも深く、年内には死にそうもない。

もう一つの誕生日は、私の出家得度した日で、一九七三年十一月十四日であった。

長年つきあっている旧友は、この日を本人よりよく覚えてくれていて、この日は送られてくるお花で花屋の店が出せるほどになる。

毎年もうこれが最後かなと、その花々を眺めるのだが、何に護られているのか、まだ生きつづけている。

五月と十一月、どちらもいい季節の時で、爽やかな青葉と、紅葉の鮮やかさを見上げて、私は自分の二つの誕生日を、たっぷりと味わっている。

そのくせ、何事にも始末の下手な私は、毎年、死後の始末を考えることが出来ず、仕事部屋も衣裳棚も一向に片づけられない。

焼いておかなければと思っているノートや原稿の書き損じまで、方々に散らかって、どれが何やら、さっぱり自分ではわからなくなっている。

もちろん、遺言も一行も書けていない。そんなものを書く間もないくらい、今、渡す原稿にせかされて、うろうろしている。

毎月連載の原稿など、もう断ればいいのにと、若い秘書はぼやくが、たとえ、三枚や四枚の原稿でも、それを書いている時は、まだ自分が作家だと思えるので、「書けなくなるまで」放すつもりは毛頭ない。

それでも、筆が遅くなってしまったのは、致し方のないことで、「書ける」分量は、自然に少なくなってきている。

生きのびる先のことなど、さすがに考えられなくなってきたが、それでも遺言は一行も書けていない。「遺言」と題だけ書いた原稿用紙が何枚も、あちこちから出て来るが、題だけで後はすべて余白である。

おそらく本心は、まだ何か小説が書き残したくて、死にたくはないのだろう。

「死体は川に投げ捨て魚の餌にせよ」と言われたという聖僧のような言葉は、とても身に添わないが、死後、どんな葬式を何度されようと、どうでもいいと思っている。

死後、いつまで自分の書いたものが読まれるか、あれこれ夢に描いたこともあったが、今となっては、そんな厚かましいことも考えてはいない。

百歳に近いこの年まで書かせてくれ、活字にしてくれた人々への感謝だけで一杯だ。よくもペン一本で、この年まで生かせて貰ったことよと、有り難がるだけである。

さすがに百歳に近いこの年では、体の節々は痛むし、頭のめぐりも遅くなったし、もはや一人前とは言えない。それでも自分の寿命はまだわからない。死ぬその時までこうして使い慣れたペンで、自分のデザインした原稿用紙に、ものが書きつづけられたら、そんな幸せなことはないと思う。

（二〇一九年十一月十四日）

中村哲さんの死

中村哲《てつ》さんの死のニュースは、九十七歳の長寿をもて余していた私に、強烈なショックを与えた。

中村さんに私は、たった一度しか逢ったことはない。まだ建て替わる前の旧いパレスホテルの一室であった。

はじめてお逢いしたが、なぜか息が合って、五時間程、二人で話しあった。

主に私が矢つぎ早な質問を繰り返し、中村さんが、落ち着いたおだやかな口調で、わかり易く私の質問に答えてくれるという形式だった。

整った容貌はおだやかで、紳士的な口調により、アフガニスタンやパキスタンでの医療活動や井戸を掘る仕事を黙々としつづけている状態を話してくれる。

干ばつと、内戦で荒れはてた土地は絶対的に水不足で、飲み水も畠の水も徹底的に不足している。中村さんは、そんな荒れ地に井戸を掘りはじめた。気の遠くなるような孤独な仕事だったが、中村さんはそれをやり通した。九州には、やさしくなつかしい家族が待つ家があったが、めったに帰ることもなかった。

帰れなかったのだ。井戸を掘りつづけることが、六十数万人の人々の命と生活を保護すると思えば、その手を休めることは出来なかった。もちろん、その奉仕には、何の保障もなかった。

「途中で空しくはならなかったですか？　九州の家族が恋しくはならなかったですか？」

と訊くと、おだやかな表情をさらにやさしくして、

「だって、六十数万人の命と、生活が、その井戸水で、よみがえるのですから」

と、あっさり言う。九州の家族は文句を言わないのかと訊くと、遠い所を見るような表情をして、

「妻も子供も、いつも機嫌よく送り出してくれます」

という。九州の福岡市に非政府組織（ＮＧＯ）「ペシャワール会」をつくり、その代表もしている。

井戸水が湧くにつれ、砂漠が少しずつ畠になり、人々の生活にうるおいが生じてくる。

アフガニスタンの人々にとって、中村さんは、恩人になった。

私にも、中村さんから話を聞けば聞くほど、目の前のおだやかな、自分の息子のような年齢の男が、人間でない尊いものに思えてきた。

中村さんと別れた後に、私は福岡の「ペシャワール会」にも訪ねてみた。つつましやかで、建物もせまく、働く人々も少なかった。

中村さんの仕事は、次第に国内でも認められていったが、そんなことにおごる人物ではなかった。

この恩人を、アフガニスタンでは、凶徒が襲い、凶弾で死亡させた。胸を撃たれて、おびただしい血を流して死亡した。遺体は、故国の古里の町に帰り、この十一日に福岡の斎場で、告別式が行われたとか。

ただ無私の忘己利他《もうこりた》の奉仕の報いが、この無惨な結果とは！

仏道に身を任せたわが身が、この事実をどう考えたらいいのか！

中村さん！　近く私もあなたの跡を追いますよ。必ずまた逢いましょう。ゆっくり長い話をしましょう。

（二〇一九年十二月十二日）

思いだす人々

この正月で、数え年なら私は九十九歳である。長く生きたものだと、我ながら呆れている。

長生きしてよかったことは、多くの「おもしろい人たち」に逢えたことである。「おもしろい人」の中には、尊敬する人、あこがれる人、恋しい人、なつかしい人、話したい人、一緒に笑いたい人、呑みたい人など数々ある。

もの書きになったおかげで、現実にはもうこの世にいない人でも、歴史に残る、あるいは歴史にかくれた魅力ある人にも、たくさんめぐりあえた幸せを持つ。その人たちを、私は自分の本の中にも多く書きこんできた。私の生涯の仕事の中で、それらはよかったと、自負している。

岡本かの子を書いたおかげで、その子の太郎さんにめぐりあえたし、たまたま「太陽の塔」を造っている最中《さなか》の太郎さんが、その会議に行く時、つれていかれた幸運にも恵まれている。

「ぼくが死んでも、これは残るよ！」

と、自信たっぷりに言っていた口調が、まだ耳に残っている。

その太陽の塔に、

「一緒に行ってくれ。見物人が多くて、年寄りは危ないらしいから」

と、里見弴《とん》先生に頼まれてお供したことを思いだす。いつの間にか、その私が、あの時の里見先生より年寄りになっている。

里見先生と同時代に、全く反対の立場を生きた荒畑寒村氏とも、氏の妻だった管野スガを書いた取材で、お目にかかって以来親しくなり、寒村氏は寂庵へも度々見えるようになった。寂庵の食事はまずいとおっしゃるので、祇園の「みの家」を紹介して、女将の経営していた宿に泊まるようになった。

寒村氏の生家は、色町の入り口にあって、妓女たちの食事も作っていたとかで、氏は子供の時から、芸妓たちに可愛がられていたとのこと。京都の祇園にもたちまち馴染まれ、寂庵より、みの家にいる方が多くなった。舞妓ちゃんたちが、荒畑氏の部屋に呼ば

れて、

「ああ、しんど！」

とため息を漏らすと、

「働く時間が多すぎる。もっと短くするよう反対運動を起こしなさい。ぼくが指導してやる」

と言いだすので、女将が、

「それだけはやめて下さい」

とあやまった。年始めの芸舞妓たちの始業式にも出席して、見物の一人が舞台近くで写真をとりだすと、大声で、

「やめろ」

と止められる。全く気の若いお人だった。

今、新聞に今年の芸舞妓さんたちの始業式の写真が出ているのを見ると、あの頃の荒畑氏を思いだす。氏は亡くなるまで気が若く、九十歳の時に若い人に熱烈な恋をして、僧侶だからと私に打ちあけてくれた。その時、

「この恋に、肉欲がともなわないことだけがせめてもの助けです」

と、涙を浮かべている、かつての革命家を、私はむしろ美しいと感じいったことを想いだす。
亡くなった時は、ご自分の死体は戦いの塵にまみれた赤旗に包めと言い残された通り、鮮やかな赤旗が、ひつぎを包んでいた。

（二〇二〇年一月九日）

きさらぎは凶

九十七という歳のせいだろうか、二月に入って、寒さが身に染み、骨までしんしんと冷えこんでくる。

今年は暖冬だなどつぶやいていた一月が夢のようで、二月に入ってからの冷えこみは、例年通りである。

雪もちらついたがすぐ止み、かえって冷えこみがひどくなった。雪が厚く降り積もると、それに陽がさし輝いて見え、かえって暖かく感じるものだが、ほんの少しで、薄いベールを置いたようだと、身ぶるいが出て、寒さが骨身にしみてくる。

古里の徳島は暖かく、冬もめったに雪が降らない。たまに雪が舞ってくると、子供たちは声をあげて家を飛びだし、口をあけて空を仰ぎ、走り回る。あけた口の中に降ってくる雪を食べようとするのであった。

大人になってからの二月は、私にとっては凶の月であった。

幼い娘のいる夫との家を飛びだし、オーバーも手袋もなく、着のみ着のまま、さいふもなく、無一文で電車の線路ぞいに歩いて家出をしたのが、二月であった。その家出の原因になった若い男が、私ではない若い女と家庭を持ち、仕事に行きづまり、がんになり、借金と病に絶望して、首を吊って死んだのが二月の寒い夜だった。肉親の中でたった一人残った姉が、大腸がんで死亡したのも、二月の雪の降る日であった。

九十過ぎた自分が、心臓と両足の血管が詰まって病院に運ばれたのも二月末だった。

親しい友人たちは、それ等を識っていて、二月になると、

「凶の月が来るから、気をつけて」

と、電話やハガキで見舞ってくれる。

今年の二月は、これという病気は訪れないが、無気力になり、昼間から寝てばかりで、いよいよ来る時が来たかと、病院に行ったが、かかりつけのドクターは、笑いながら、

「お年ですから……」

と言うだけであった。

終日ベッドから出ようとしない私に、スタッフたちは馴れてしまい、

「少しでも体力があるなら、書斎の机のまわりを片づけて下さい」

と言う。その横から、もう一人が、

「書斎には、もう行かないようだから、それより、ベッドの脇机と、そのまわりを何とかして下さい。いくら掃除したって、あれじゃ見栄えがしませんわ」

と眉を吊りあげて言う。小さなベッド脇の机の上は、本と、原稿用紙が山のように乱雑につみ重ねられている。

丸い机のまわりの小さな椅子二つの上も、本や雑誌や郵便物が崩れ落ちそうに積まれている。書斎以上に、荒れた有り様で、毎日床だけ掃除してくれるスタッフたちは、ベッドの私に背をむけて、もはや話しかけもしない。それをいいことにして、私は寝ころがったまま、本を読みつづけている。耳はほとんど聞こえなくなっているが、目だけはまだよく見えるので、退屈はしない。もう、半分死んだようなものだ。

「二月だもの、食がさすがに細くなったわね」

と言うと、

「え？　誰がです？」

スタッフたちが、黄色い声をいっせいにあげた。


（二〇二〇年二月十三日）

角田源氏誕生

角田光代さん訳の源氏物語が誕生した。

河出書房新社版の池澤夏樹個人編集『日本文学全集』の一巻としての仕上がりである。

依頼された時は、三年でとのことだったが五年かかったと、角田さんは述懐している。

與謝野晶子さん、円地文子さんについで、私もこの大役にしがみつき、数年を夜昼なく訳しつづけた歳月を持つ。源氏物語を私は少女の頃、與謝野さんの訳で初めて読み、その面白さに、文字通り、寝食を忘れたことであった。ませた文学少女だったその頃の私は、岩波文庫で西洋の小説の訳業をあれこれ読んでいたが、源氏物語の宇治十帖に入ってからは、まるでヨーロッパの翻訳小説を読んでいるような興奮を与えられつづけた。

円地文子さんが源氏を訳される仕事場にされたマンションに、私は住んでいたので、月曜日の朝から、金曜日の夜まで、マンションに泊まりこみで、訳業をつづけられている六十代の円地さんの苦労をずっと見つづけていた。円地さんはその間に何度も大病をされ入退院をくりかえし、ついに視力も大幅に落とされるようになった。ご家族よりも間近で、その労苦を見つづけていた私は、源氏の現代語訳は命がけだとつくづく思い知らされた。

円地源氏の刊行前に川端康成氏もそれに取りかかった。円地さんは噂にそれを聞いた時、

「ノーベル賞で甘やかされてる人にあの苦行がつとまるものですか。もし出来たら、私はすっ裸になって、逆立ちで銀座を歩いてやる」

と言われていた。円地さんの呪いがきいたのか、川端さんの源氏訳は未完に終わった。京都のホテルで、その訳業をされている川端さんを、間近に見ていた私は、川端源氏を読みたかったと惜しまれてならなかった。

お二人が亡くなってから、私もついに源氏訳に取りかかった。六年半かかってそれは完成した。その間、私も円地さんに負けないほど病に倒れたりしている。訳が完了した時は、七十六歳になっていた。六年半、源氏一筋だった。

円地さんも六年近くかかっている。

角田源氏は三冊にまとめられているので、一冊がとても厚く、老い果てた老婆の私には、手に持つことが出来ない。読者に無愛想な本造りだと思うが、読みだしたらやっぱり面白くて、昼も夜も読みつづけてしまった。訳というより、角田さん作の源氏物語のように、読み易いのがお手がらである。知りつくし、読みつくした源氏物語なのに、私は二晩徹夜して読み通してしまった。

角田さん、おめでとう!! と、心から喝采の声をあげた。私の時は仕上がった後、日本国の隅々、アメリカ、ヨーロッパまで宣伝の旅に出向かされた。おかげで、その後、九十七歳の今まで、のんびり暮らせるのは、源氏の売れ行きのおかげである。

角田さんの源氏が早く持ち易い造本になって、より売れ、読まれることを切に祈る。そのためのＰＲに何でもしたいと思っている。老衰で、出歩けなくなったが、書いたり喋ったりは出来る。何でも申しつけて欲しい。

改めて、ご苦労さま!　おめでとう!!

（二〇二〇年三月十二日）

コロナ禍のさなか

百年近くも生きたおかげで、満九十七歳の今年、とんでもない凶運とめぐりあわせてしまった。九十七年の生涯には、戦争という最も凶運の何年かを経験している。何とか生き残って、これ以上の凶運の歳月には、もう二度とめぐりあうことはあるまいと、考えていたところ、何と百年近く生きた最晩年のこの年になって、戦争時に負けないような、不気味な歳月を迎えてしまった。

新型コロナウイルスの発生と、感染拡大という事件が突発的に生じ、世界各国に感染者と死者が増大した。英国のジョンソン首相も感染し、一時容体悪化と報じられた。日本でも首相から緊急事態宣言が発令された。それを受けた七都府県は、五月六日までの一カ月間、不要不急の外出を自粛するよう要請した。七都府県は、東京、神奈川、埼玉、千葉、大阪、兵庫、福岡とされたがもちろん、それ以外の県も守らなければならない緊急事態だった。

そのうち、通勤の社員は、自宅で仕事をするようになり、通勤の途中で人に触れることをさけるようになった。外出は出来るだけひかえ、家にこもり、他者と逢わない生活が、どれほど心身に悪影響を与えるか、想像するまでもない。人々は家でもマスクをつけて家族と話をする。漫画のような状態に人々は笑いもせず、おとなしく従っていた。

子育てと、自分も仕事を持っている妻たちは、夫が毎日家にいることを新婚時代のように嬉しがらず、迷惑に感じている。どちらを向いても面白くない時勢の中で、突然、家庭の女たちに、明るいニュースが入ってきた。

徳島に女性の市長が選挙で選ばれたという。三十六歳の内藤佐和子さんは、全国歴代女性市長最年少、徳島市では初の女性市長である。徳島は私の故郷である。それを読んで思わず明るい表情になった主婦に負けずに、私もあとひと月で満九十八歳になる老体を伸ばし、万歳と両腕をあげていた。新聞の内藤佐和子さんは、どれを見ても明るい表情で、大きく目と口をあけ、嬉しそうに笑っている。瓜ざね顔で端正な表情は、いわゆる阿波女のお多福型とはほど遠い。

経歴を見てびっくりした。東京大学法学部卒業とある。私の在徳の若い頃は、徳島から東大へ入る学生はめったにいなかったので、たまにあると、新聞に写真入りで大きくのったものだった。十八年間、生まれた時から在徳していた私は、一度も東大入りの晴れやかなニュースを新聞で見たことはない。

内藤さんは小学生の男の子の母親とか。

現職の遠藤彰良市長との激戦で、一九九九票差で勝利を得ている。私は生まれ故郷に、ようやく生まれた女性市長に心からの拍手を送った。

はっきり言うが徳島は断然男性より女性が優秀である。それは徳島の男性が悪びれず、揃って自分の妻をほめるのを見てもわかろう。阿波女はしまつ（倹約家）で働き者で料理がうまく、愛想がいい。嫁に貰えば必ずその家は繁盛する。その名を全国に輝かせた阿波女に、舞の名人だった武原はんがいる。そして私がいて、柴門ふみさんがいる。内藤佐和子さんは前むきで明るい、きっとすばらしい女性政治家になってくれるだろう。

万歳！

（二〇二〇年四月九日）

白寿の春に

満九十八歳の誕生日をあす迎えてしまう。数えでなら、九十九歳。白寿の祝いということであろう。これまでの例なら、昨日あたりから、お祝いの花が全国から届き、うちじゅう、玄関から廊下という廊下のすみずみまで、花が並び、花屋を三軒くらい出来そうになるが、さすがに今年は、数える程しか花も届かないし、お祝いのカードもない。

生きている間に、こんな誕生日を迎えることがあろうなどとは、夢にも想像したことがなかった。

コロナ騒ぎで、国中、ひっそりと蟄居《ちっきょ》生活を強いられているせいで、仕事の電話も、メールも、鳴りをひそめている。

こんな時こそと、かかってきた長電話の好きだった友人も、さっさとあの世に去っていて、あちらからは音沙汰もない。

法話も写経も、寂庵の行事は、すべて休みとしているので、木の扉を叩いて訪れる人もなくなった。

一年で一番美しいと、独りで想いこんでいる五月の寂庵の庭は、新緑に掩《おお》われて、来る日も来る日も、まばゆいほど光り輝いている。

出家したのが五十一歳だから、すでに四十七年もの歳月が過ぎ去っている。

十一月に中尊寺で剃髪してもらって、翌年の春に比叡山へ登り、行院になげこまれて、息子のような若い行院生と二カ月の行をして、その間に建ててもらったこの寂庵に移ったのであった。

造成地で、草一本生えていなかった土地に、ぽつんと建った庵に、はじめて寝た夜は、故郷の徳島から、たったひとりの肉親の姉が来てくれていて、二人で眠った。

母は防空壕で焼け死んでいたし、父もその跡を追うように早々と死んでいた。

「ふたりが生きていたら、どんなに安心しただろう」

と、寝床に入ってから、姉がつぶやいた。

その姉も、私の出家を誰よりも喜んでくれた末、がんにかかり、早々と両親の跡を追った。

四歳で私に捨てられ育った娘が、七十六歳になって、ついこの間、東京から久々に電話をかけてきた。

「母の日ですよ、電話しましたからね」

子を捨てしわれに母の日喪のごとく
という私の句を見たらしい娘が、毎年、笑いをふくんだ声で、東京からこの日、電話をくれる。

一人のこの子を生んだばかりに、私には孫が二人、ひ孫が三人いる。どのひ孫も外国育ちで、英語しか話せない。私の文才を伝えた子はいそうにない。

草一本なかった造成地に建てた寂庵の庭は、今や、うっそうとした木々に掩われ、森のようになってしまった。

その木のほとんどは、膝くらいの木を提げてきて、自分の好きな所に植えてくれた親しい人々の想い出の木である。私はその一人一人を覚えていて、木とその贈り主を忘れたことはない。

それも、間もなく私が死ねば、誰もその関係を知らなくなるだろう。

百年めに訪れたというコロナ疫病に身をひそめながら、葵祭が誕生日という私は、生きてきた百年近い日をしみじみふり返っている。

（二〇二〇年五月十四日）

横田滋さんを悼む

北朝鮮に拉致された横田めぐみさんの父、横田滋さんが、この五日に亡くなった。八十七歳になっていた。

十三歳だっためぐみさんが、学校の帰り道で行方不明になり、北朝鮮に拉致された。北朝鮮は、めぐみさんの拉致を認めたが、すでに自殺したなど嘘をつき、遺骨だと骨など送ってきたが、それは調べると、全く別人のものであった。

めぐみさんの両親の、横田滋さんと早紀江さんは、力を合わせ、二人三脚を組み、どこにでも二人で出かけ、救出運動に全力を尽くしていた。

拉致被害者家族たちの代表者のようになって、横田夫妻は、休むひまもなく講演会などに全国走り回り、救出運動に全力を投じていた。

生真面目で律義な滋さんは、体をいたわるゆとりもなかった。

次第に拉致されて以後のめぐみさんの生活の様子などもわかってきたが、北朝鮮の国柄のせいか、すべて秘密主義で、想うような救出運動は出来なかった。

滋さんは、人柄を見込まれて、家族会の代表になり、全身全霊でその役につとめ、体力を消耗し尽くしていた。

二〇一八年四月から、ついに入院生活に追いこまれた。

旅先で、早紀江さんや滋さんの一行に出逢った時、私は、「何か自分に出来ることがあれば、何でも手伝いますよ」と話しかけてみた。二人が消耗し尽くしている様子が、あまりに痛ましく見えたからだった。早紀江さんが即座に表情をきっとさせ、

「はい、ありがとうございますが、いろいろ仲間うちにもさまざまな意見がありまして……一応身内だけでやろうじゃないと考えておりまして……」

と、堅い口調であった。私はあわてて、さらに、出かかっていた言葉をのみこんだ。似たような身の上だけれど、それぞれ苦労の質も互いにちがうのだろう。うっかり、手助けなどと軽く口にすべきではなかったのだ。「仲間うち」という言葉は重い意味がこもっている。おせっかいな言葉は、うかつに出すべきではない。あわてて、私は唇をとざしてさりげない表情をつくった。

滋さんは、いつでもおだやかな微笑を浮かべたやさしい表情をしていて、誰に逢っても包みこむようなやさしさを体全体にただよわせていた。その分、自分の神経は緊張して休むことはないのかもしれない。

ついに滋さんが寝こんでしまったと聞いても愕かなかった。過労が骨身に沁みていたらしく、滋さんは思いがけない重病人になってしまった。

早紀江さんは、病床の滋さんに「大丈夫よ」と声をかけつづけていたそうだ。しかし、五日午後に亡くなる直前、耳元に口を寄せ、

「お父さんは天国に行ける。私が行く時まで待っていてね」

と大声で呼びかけた、と新聞報道にあった。滋さんは右目を少し開けてうっすらと涙を流したそうである。

（二〇二〇年六月十一日）

書き通した「百年」

このエッセイも、もはや六年めを迎えた。私は今や九十八歳になったが、自分の歳も忘れがちで、今も、横に来た秘書に、

「私、今、いくつ？」

と訊いて、

「また！　何度言えば覚えるんですか？」

と、怒られてしまった。秘書は孫より若いので、年々気が強くなってくる。

忘れようとつとめているつもりは一切ないが、覚えようとする気概も全くない。

歳を取るということは、実にむなしいことだとつくづく思う。

それにまた、最近の世の中のうっとうしいこと！

人々はみんな大きなマスクで顔の大方をかくしている。コロナという伝染病が、国中

を駆けめぐり、目に見えない伝染病におびえて、人々は行きたい所へも行けず、逢いたい人にも逢えなくなってしまった。生きている意味もない。

東京や、東北の岩手へ毎月、いや、毎週、空路や、鉄路で走り回っていた自分の達者さは、一体、どこへ消え去ったのだろう。

今朝のどの新聞も、昨日の九州の大雨で、多くの死者の出たことを、一面に報じている。テレビに映る町を埋める大水や、屋根の飛ばされた人家を見ると、平安時代の大雨の民衆の姿を見ているようで、気が遠くなる。

ふと気がつくと、こんな時、すぐ電話で便りを問いあった親しい身内やなつかしい友人のほとんどが、今はいない。彼等の命は果してあの世とやらで、互いにめぐりあえているのであろうか。やがてそちらへ行きつく自分は、先に行ったなつかしい人たちに、果して逢うことが出来るのだろうか。

出家して、四十七年にもなるが、正直なところ、あの世のことは何ひとつ理解出来ていない。親しい人、恋しい人はほとんど先にあの世に旅立ってしまい、あの世からは、電話もメールも一切来ない。

この新聞に、こうしたエッセイの連載をさせて貰って、いつの間にか六十回を迎えているとか。

「六十回の節目ですからね。それを迎えた感慨や、意気込みを書いてと、編集部から電話がありました」

と、しっかり者の秘書は、いっそうはりきっている。

連載が始まって、大方六年めになっているとか、私の九十三歳から始まったことになる。

この連載が始まって、私は思いがけない大病をして、手術も二度ほどしているが、いつでも、けろりと治って、また連載をつづけてきた。

私の晩年を何よりよく識っているのは、この連載のエッセイらしい。私の忘れてしまったことも、この連載エッセイの中には、すべて記録されている。言葉を変えれば、私の九十過ぎての遺書になっているのかもしれない。

六十回も書かせてくれた新聞の編集部と、飽きもせず、読みつづけてくれた読者の方々に心からのお礼を捧げる。やがて本にもしてくれるとか。生きる楽しみのすべてを犠牲にして、ひたすら書き通した私の百年ばかりの人世は、一応筋を通したことになろうか。

（二〇二〇年七月九日）

カバー写真：蜷川実花
©mika ninagawa, Courtesy of Tomio Koyama Gallery
装幀：田中久子
帯写真：朝日新聞社

瀬戸内寂聴（せとうち・じゃくちょう）
一九二二年、徳島県生まれ。小説家、僧侶（天台宗権大僧正）。東京女子大学卒業。五七年「女子大生・曲愛玲」で新潮同人雑誌賞を受賞し、作家生活に入る。七三年に得度し、「晴美」から「寂聴」に改名、京都の嵯峨野に「曼荼羅山 寂庵」を開く。女流文学賞、谷崎潤一郎賞、野間文芸賞、泉鏡花文学賞など数多くの文学賞を受賞。二〇〇六年には、文化勲章を受章する。主な著書に『夏の終り』『美は乱調にあり』『花に問え』『場所』『風景』『いのち』『源氏物語』（現代語訳）など多数。

寂聴《じゃくちょう》 残《のこ》された日々《ひび》

二〇二〇年十一月三十日 第一刷発行

著　者　瀬戸内寂聴
発行者　三宮博信
発行所　朝日新聞出版
〒一〇四-八〇一一 東京都中央区築地五-三-二
電話 〇三-五五四一-八八三二（編集）
〇三-五五四〇-七七九三（販売）
印刷製本　図書印刷株式会社

Published in Japan by Asahi Shimbun Publications Inc.
ISBN978-4-02-251725-8
定価はカバーに表示してあります。
落丁・乱丁の場合は弊社業務部（電話〇三-五五四〇-七八〇〇）へご連絡ください。
送料弊社負担にてお取り替えいたします。